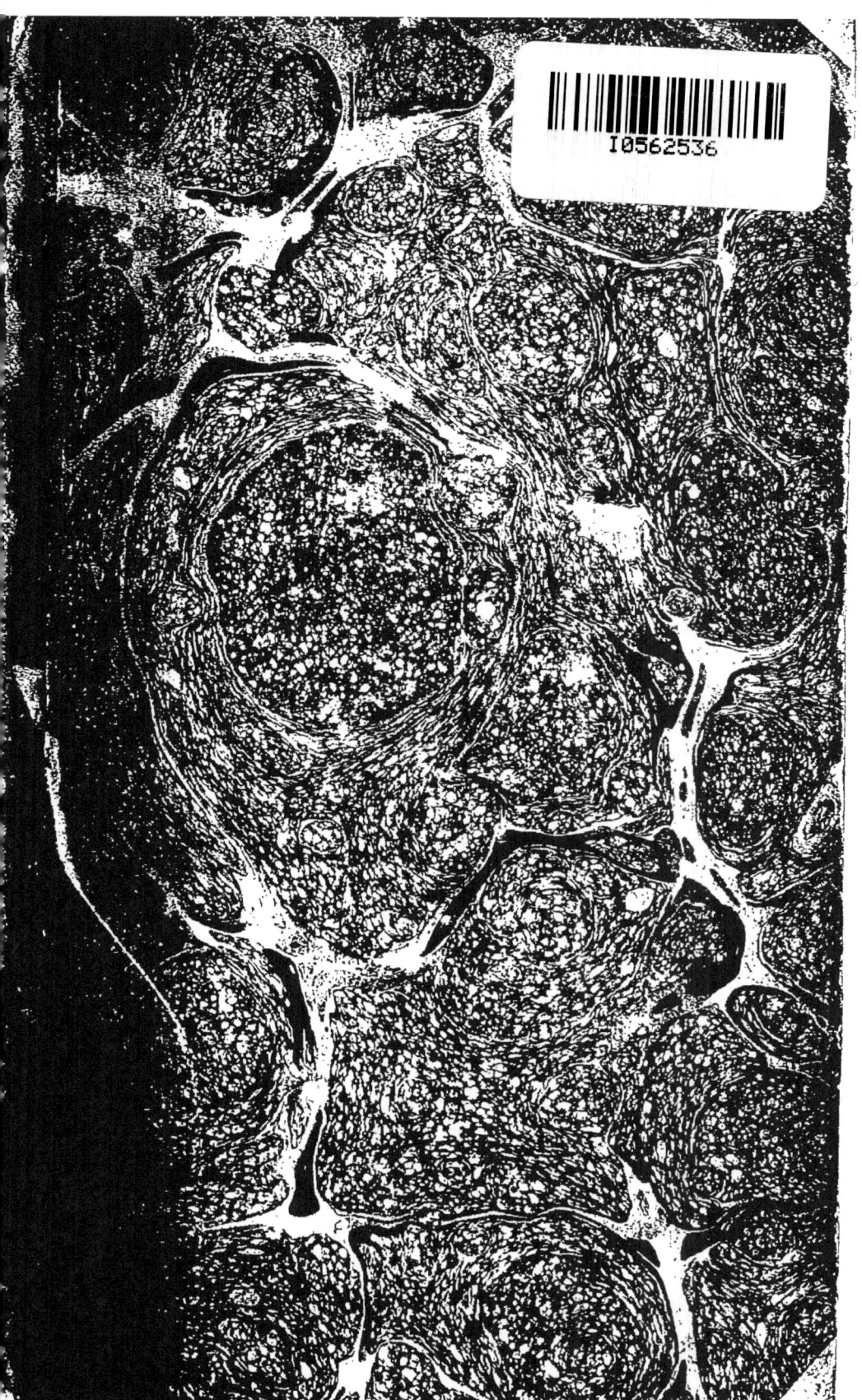

Recueil très rare

141

Ex libris

Dumersan

LETTRES

SUR L'INSCRIPTION DE ROSETTE

sur la Déification de Ptolémée 5, et la dynastie

des Lagides:

Suivie d'une lettre à l'abbé Sanclemente

sur une médaille ou l'on acru voir la tête de Cicéron

PAR M. COUSINERY.

1808.

AVERTISSEMENT.

Les cinq Lettres contenues dans ce Recueil ont été insérées dans le *Magasin Encyclopédique;* elles ont rapport, ou directement, ou indirectement, à une inscription très-précieuse trouvée à Rosette, pendant que nos armées triomphantes, sous leur illustre chef, occupoient l'Ægypte. Ce monument, échappé aux injures du temps, a été justement célébré par divers savans de l'Europe. Il doit inspirer en effet le plus grand intérêt, tant à cause des matériaux qu'il fournit à l'Histoire générale des Lagides, que par les nouvelles lumières qu'il répand sur leur système monétaire. L'inscription de Sigée, dont l'anglois Chisshull a donné une explication très-savante dans ses Antiquités asiatiques, pourroit à peine lui être comparée.

Dans celle-ci, une ville de la Troade, jouissant depuis les conquêtes d'Alexandre de la liberté de se gouverner par ses propres lois, honore comme un Dieu Antiochus, fils de Séleucus Nicator, pour avoir préservé la Basse Asie de l'invasion des Gaulois, qui, après s'être établis dans une partie de la Phrygie, dévastoient des provinces entières. Cet honneur extraordinaire est accordé par le décret contenu dans l'inscription, et ce décret est rendu par le sénat et par le peuple de Sigée.

Dans l'inscription de Rosette, au contraire, ce sont les prêtres d'Ægypte, organes de l'affection et de la reconnoissance d'un grand peuple, qui, rassemblés à Memphis, déclarent seuls, que leur roi Ptolémée Epiphane a mérité d'être assimilé aux Dieux protecteurs de l'Ægypte, par la sagesse de son gouvernement, et par la gloire dont il s'est couvert en préservant le royaume d'une subversion totale. Tous les titres du prince à une aussi haute marque de la reconnoissance publique, sont mentionnés dans le décret, et on y détermine en même temps les solennités du culte dont le nouveau Dieu s'est rendu digne.

Jusqu'à présent on n'avoit découvert aucune inscription aussi curieuse et aussi intéressante ; mais l'objet principal des savans dont elle a attiré l'attention , celui qui devoit les occuper d'abord, a été d'éclaicir les difficultés grammaticales qu'elle présentoit. On conçoit combien la langue grecque avoit dû souffrir d'altération en se naturalisant dans l'Ægypte. C'est de ce travail pénible que s'est principalement occupé l'illustre continuateur de l'Histoire du Bas-Empire, à qui nous devons un commentaire très-instructif sur le texte de ce monument, et notamment la restitution d'une lacune causée par la fracture du marbre dans la partie inférieure.

Frappé d'une manière plus particulière de l'importance des faits que cette inscription nous dévoile, et de leurs rapports avec les monnoies qui nous sont parvenues de la dynastie des Ptolémées, j'ai tenté de comparer ces faits avec les mêmes monnoies, et de donner par ce rapprochement quelques explications nouvelles. Mes recherches ont donné lieu aux Lettres que j'ai adressées à mon ami M. Rostan, membre de l'Académie de Marseille, et que je soumets au jugement du public.

Dans la première, je me suis attaché à faire connoître tout le parti qu'on avoit tiré jusqu'à présent de l'inscription de Rosette, et à faire remarquer qu'elle n'a qu'un rapport indirect avec le sacre des rois d'Ægypte, et qu'elle n'est autre chose qu'un décret relatif à la déification de Ptolémée Epiphane. J'ai dû consacrer le reste du contenu de cette Lettre au développement des motifs qui m'ont engagé à mettre une différence entre le mot de *déification* et le mot d'*apothéose*.

Dans ma seconde Lettre, j'ai réuni tout ce qui m'a paru prouver contre l'opinion de divers historiens, que Ptolémée Epiphane, héritier du trône à l'âge de cinq ans, avoit eu plusieurs tuteurs, et que le fameux Marcus Emilius Lépidus, bien loin d'avoir été de ce nombre, ne fut réellement chargé de cette noble fonction que pendant la minorité des deux enfans d'Epiphane, qui étoient Ptolémée VI et Ptolémée VII. C'est en mémoire de ce fait glorieux, que les descendans d'Emilius Lépidus, ajoutèrent à son nom, sur leurs monnoies, le titre de Tuteur des rois, *tutor regum.*

J'ai eu pour objet, dans ma troisième Lettre, de prouver que Ptolémée Epiphane ne dut point être sacré à Memphis à l'âge de treize ans, ainsi qu'on l'a dit, et que cette solennité ne put avoir lieu que lorsque ce prince eut atteint sa vingt-cinquième année; époque où, suivant les anciennes constitutions de l'Ægypte, les rois pouvoient être initiés aux mystères. J'ai en même temps fait connoître les différences qui existoient en Ægypte entre le couronnement civil et le couronnement religieux; cérémonies qu'on n'auroit pas dû confondre. Je crois aussi avoir démontré que la date *Année neuvième,* qui se trouve dans l'inscription, coïncide avec la vingt-cinquième année de l'âge de Ptolémée Epiphane, et se rapporte à l'époque importante du mariage de ce Roi avec Cléopâtre, fille d'Antiochus-le-Grand. Cet événement heureux et inattendu assuroit la tranquillité publique, et tous les avantages d'une paix durable.

Après avoir parcouru, dans le cours des trois premières Lettres, ce que l'inscription ma paru présenter de plus remarquable par rapport à l'histoire, j'ai fait connoître dans la quatrième le véritable portrait du roi qui fait le sujet de l'inscription, et celui de tous les Ptolémées depuis Soter jusqu'à Philométor.

Pour établir mon opinion relative à ces portraits, sur des fondemens solides, j'ai dû remonter beaucoup plus haut, et chercher l'origine du droit attribué aux princes de placer leur effigie sur la monnoie. J'ai tâché de faire connoître quel fut le système monétaire des anciens en général jusqu'à Alexandre; j'ai ensuite signalé la grande révolution qui s'opéra sous ce conquérant dans les opinions religieuses établies depuis longtemps à ce sujet. J'ai montré enfin comment les dynasties qui succédèrent à Alexandre immédiatement, s'approprièrent, autant qu'il leur fut possible, le droit d'image que les peuples lui avoient accordé, et quels furent leurs différens systèmes jusqu'au temps de Jules-César.

Cette dernière Lettre auroit exigé de grands développemens, aussi ai-je contracté l'engagement de traiter le même sujet avec une étendue suffisante dans un autre ouvrage.

J'avois dit, dans une Lettre précédemment adressée à Rome, au savant abbé Sauclemente, que les Romains avoient conservé jusqu'à César l'usage antique de ne placer sur leurs monnoies que les images des Dieux, et qu'à cette époque, entraînés par l'exemple des Grecs, ils commencèrent à y imprimer celles de leurs empereurs. Il m'a semblé que cette Lettre, se trouvoit naturellement liée avec celles qui se rapportent au monument de Rosette, et cette considération m'a déterminé à l'insérer dans le présent recueil. Cette cinquième Lettre peut offrir d'ailleurs un intérêt particulier, en ce que j'y examine la question de savoir si nous possédons, sur des médailles, le portrait de Cicéron.

ERRATA

POUR LA DERNIÈRE LETTRE.

Page 106, πανυ[ηϱεις, *lis.* πανη[υϱεις.

Page 139, n.° 3, *lis.* n.° 4.

Page 142, n.° 4, *lis.* n.° 3.

Page 144, n.° 5, *lis.* n.° 6. A la ligne suivante, n.° 6,
    lis. n.° 7. Plus bas, n.° 7, *lis.* n.° 5; ainsi
    que dans la Note.

Page 145, n.° 7, *lis.* n.° 5.

Page 148, n.° 5, *lis.* n.° 6.

Page 149, à la dernière ligne, après *plus haut*, *lis.* et
    que vous trouverez.

Page 153, n.° 12, *lis.* n.° 13; et plus bas, n.° 13,
    lis. n.° 12.

PREMIÈRE LETTRE

DE M. COUSINERY,

ANCIEN CONSUL - GÉNÉRAL DE FRANCE

DANS LA MACÉDOINE.

Extrait du *Magasin Encyclopédique*, numéro de Mai 1807, Journal pour lequel on s'abonne à l'Imprimerie Bibligraphique, rue Gît-le-Cœur, n°. 7.

PREMIÈRE LETTRE

DE M. COUSINERY,

Ancien Consul-général de France dans la Macédoine, à M. Rostan, membre de l'Académie de Marseille (1), sur l'Inscription de Rosette.

DÉIFICATION DE PTOLÉMÉE V,
Surnommé ÉPIPHANE.

Je vais vous entretenir, mon cher ami, non de ces Grecs célèbres, dont nous avons parcouru ensemble les belles contrées ; mais de ces Macédoniens qui, transportés après les conquêtes d'Alexandre sur les rives fécondes du Nil, avec les dieux de leur patrie, eurent la sagesse d'adjoindre à leur culte national, celui des divinités indigènes, et de respecter

(1) M. Rostan a voyagé longtemps dans la Grèce, et c'est un des plus habiles connoisseurs dans la science des médailles ; il a donné dans le Magas. Encyclop. une excellente Dissertation sur une médaille intéressante et inédite du roi Brogitarus, ann. IV, t v. p. 460. Il est malheureux qu'il néglige une science qu'il pourroit cultiver, ainsi que l'Histoire naturelle, avec tant de succès ; mais il en est détourné par les soins qu'il donne constamment aux établissemens de bienfaisance, et l'abandon de ces études chéries, est le plus généreux sacrifice que son ame noble et sensible puisse faire à l'amour de l'humanité. A. L. M.

des usages et des rits que la religion antique y
avoit consacrés. Je vais vous parler aussi des
Prêtres de cette religion, qui, après avoir perdu le
droit d'élire leurs rois, surent conserver celui de
les déïfier, tandis que ceux de la Grèce ne l'obtin_
rent jamais. C'est en un mot sur l'inscription de
Rosette, sur ce précieux monument historique,
découvert pendant le cours de la conquête de l'É-
gypte, que je vais vous donner quelques nouveaux éclaircissemens, dignes peut-être d'attirer
votre attention.

Continuer ainsi nos conversations sur l'antiquité, c'est me rappeler le fruit que j'ai retiré de
vos judicieuses observations sur les lieux mêmes,
et le plaisir de m'en rappeler est un nouveau
voyage que j'entreprends avec vous.

La découverte importante du *monument de Rosette*, ne pouvoit manquer de fixer l'attention des
savans de l'Europe ; ceux de Londres, où se trouve
cette inscription ; ceux de Stockholm, de Goettingue, et surtout ceux de notre capitale s'en sont
le plus occupés ; et s'ils ont laissé quelque chose à
desirer à leurs explications, ce qui arrive ordinairement dans de premiers essais, ce ne pourroit
être un motif d'atténuer le mérite de leurs recherches, ni d'affoiblir la reconnoissance publique
que je fais gloire de partager.

Je suis certain que votre illustre ami d'*Anse de
Villoison*, mon ancien hôte à Thessalonique, que
tant de regrets ont suivi dans le tombeau, vous
envoya l'année dernière, un exemplaire des trois

lettres (2) qu'il écrivit sur cette inscription , à son savant ami M. Akerblad. Je ne doute pas que vous n'ayez apprécié le mérite de ces lettres, ainsi que celui des savantes recherches de M. Ameilhon sur le même monument, et que ces ouvrages n'ayent flatté votre goût et stimulé votre penchant pour la belle antiquité.

Vous aurez reconnu combien cette inscription , composée en langue hiéroglyphique ou sacrée, en langue copte ou égyptienne, et en langue grecque, enrichit par des détails curieux, l'Histoire de la dynastie des Lagides, en remplissant quelques lacunes dans le grand nombre de celles qui excitent nos regrets au sujet de cette Histoire. Vous vous ressouviendrez que ce précieux monument est divisé en trois parties; que la première fait mention du roi Ptolémée v , surnommé *Épiphane,* alors régnant (3), du Prêtre Aétès, fils d'Aétès (4), qui desservoit le temple d'Alexandre , où il paroît qu'il avoit le droit d'assembler des Grands - prêtres , des Prêtres et d'autres Ministres du culte répandu dans toutes les parties de l'Égypte ; que ce même Aétès étoit aussi Prêtre des Rois apothéosés qui avoient régné dans le même pays après Alexandre , jusques à Ptolémée Philopator inclusi-

---

(2) Ces trois lettres, dont l'auteur distribua quelques exemplaires à divers amis , sont insérées dans le *Magasin Encyclopédique.* La première, dans le 8e. tom., pag. 70 , avec un supplément à la pag. 378 ; la seconde et la troisième, au tom. 11.e, pag 274 et 313.

(3) Βασιλευοντοσ.

(4) Αέτε τε Αέτε.

vement, ainsi que des Reines leurs femmes, aussi apothéosées, dont les autels étoient plus particulièrement desservis par des Prêtresses qui figurent avec Aétès.

Vous n'aurez pas oublié que la seconde partie exprime d'une manière aussi étendue qu'emphatique, tous les droits qu'avoit le Prince à la reconnoissance publique par ses bienfaits envers ses peuples, et par sa piété envers les dieux ; et que la troisième comprend le décret que tout le corps hiérarchique prononce, sans le concoursd'aucune magistrature civile, pour établir des honneurs divins à rendre annuellement au même Roi, comme nouveau dieu ou nouveau bon génie de l'Égypte.

Vous aurez pu observer que les savans qui ont commenté ce décret, n'ont pas suffisamment distingué la cérémonie du sacre de Ptolémée v d'avec celle de sa déification ; de sorte qu'on seroit tenté de croire, d'après leurs observations, que cette dernière solemnité se trouve réunie naturellement à la première, tandis qu'en effet elle n'en fut qu'un accessoire accidentel. Je ne rapporterai à ce sujet que la troisième lettre de *Villoison*. Ce savant ne fait pas connoître le vrai motif du décret. « C'est ainsi, dit-il, qu'on voit dans l'ins- » cription de Rosette, que la fête et la solemnité » de Ptolémée Épiphane ἑορτὴ καὶ πανήγυρις, dura cinq » jours ». On pourroit demander, d'après ce passage, si le savant auteur des lettres à M. Akerblad a voulu parler du couronnement ou de la déification, ou bien s'il a entendu que ces deux solemnités n'eussent formé qu'une seule et même fête.

On ne supposera pas cette réunion, si l'on considère que toute la teneur du décret tend à revêtir le Prince d'autant de gloire et de majesté qu'il étoit possible de lui en donner Seroit-il vraisemblable en effet, que la célébration des fêtes de sa déification, si bien désignée dans le décret, n'eût pas précédé celles de son inauguration, comme un moyen préparatoire et propre à augmenter l'éclat de cette dernière solemnité? les cinq jours de fête, où l'on devoit renouveler chaque année des actions de grace pour les biens et les avantages reçus par la sage administration du Roi, n'appartiennent-ils pas exclusivement à une action particulière? Or, l'identité de faits, l'identité de formes n'étant pas admissible, toute idée de réunion s'évanouit, et la déification devient aussi isolée que le décret qui l'institue.

Les écrivains qui ont traité ce sujet, ont confondu même la cérémonie religieuse du sacre, qui se faisoit à Memphis, avec la cérémonie civile qui avoit lieu dans la ville d'Alexandrie, capitale de l'Égypte, lorsque le Prince héritoit du trône, ou lorsqu'après une régence, il avoit atteint l'âge de régner par lui - même. Ils ne parlent les uns et les autres que d'un seul couronnement, et ils en déterminent l'époque; cependant l'Histoire et l'inscription elle - même, ne nous laissent aucun doute sur la différence qui existoit entre ces deux cérémonies. Le sacre est désigné plusieurs fois dans le cours de l'inscription, par le mot παράληψις, et l'installation qui occasionnoit des fêtes particulières à Alexandrie, est indiquée par divers auteurs, et notamment dans Polybe, par le mot ἀνακλητήρια, dont il n'est nullement mention dans le contenu du décret.

M. HEYNE, si cher à la république des lettres, et membre de la Société royale de Goettingue, a désigné plus particulièrement le véritable but du décret des Prêtres de l'Égypte, dans un savant Mémoire sur l'inscription dont il s'agit (5); mais au fond cette explication rentre dans le système de MM. Ameilhon et Villoison sur les fêtes du couronnement et sur celles de la déification.

Malgré mes dispositions à adhérer à des autorités aussi respectables sur ces deux points de critique, je n'ai pu me dissimuler les raisons qui contrarient ces opinions, et qui m'en ont fait adopter d'autres toutes contraires; mais avant d'entreprendre le développement de mes idées sur l'installation, et sur le sacre ou l'inauguration, je m'arrêterai dans cette lettre à des éclaircissemens préliminaires, qui tendent à mieux prouver que le sujet unique de l'inscription de Rosette est la *déification* de Ptolémée v, surnommé Épiphane; et à cet effet il m'a paru indispensable d'indiquer la différence qui existoit dans le culte religieux des Grecs et des Romains, entre la *déification* et l'*apothéose*.

Quoique les auteurs anciens, qui ont eu si sou-

(5) M. MILLIN a inséré dans le *Magasin Encyclopédique*, un extrait de ce Mémoire, N°. 15 de l'an II, p. 392 et suiv.

vent occasion de parler de la déification et de l'apothéose, n'ayant jamais pu confondre ces deux manières d'assimiler l'homme à la Divinité par des actes publics et religieux ; ils n'en ont pas toujours fait sentir la différence par des expressions également claires. Les événemens qu'ils décrivoient étoient plus rapprochés de leur temps, et leurs contemporains saisissoient plus facilement leurs idées. Quant à nous, l'éloignement où nous nous trouvons des siècles où ils écrivoient, et les ténèbres qui se sont insensiblement répandues sur les faits et sur les détails de l'Histoire, nous obligent à une exactitude plus rigoureuse. C'est en signalant sans cesse les inconvéniens des équivoques qui résultent de la fausse acception des mots, que nous sommes parvenus à nous exprimer avec plus de justesse ; mais nos recherches en ce genre ne sont pas épuisées.

Les dictionnaires confondent ces mots de *déification* et d'*apothéose*. Les écrivains qui ont traité de l'antiquité, les ont employés indifféremment, en leur donnant le même sens ; et quelques-uns, pour éviter de les confondre, se sont servi d'expressions vagues, telles que celles d'*honneurs publics*, d'*honneurs divins,* ou d'autres du même genre, tandis qu'il s'agissoit de faire connoître de quelle nature étoient ces marques d'une vénération religieuse.

La différence qui existe entre des mots en apparence synonymes, a été négligée sans doute parce qu'ils sont étrangers à nos usages, ou qu'ils ne

sont employés que figurément dans nos discours ;
mais la définition de ces termes n'est pas moins
nécessaire ; elle tient à la vérité de l'Histoire et
peut servir à l'éclaircir. L'existence de ces deux
expressions dans les langues vivantes, ne doit pas
être regardée comme une synonymie surabondante ; mais plutôt comme un témoignage de leur
différence réelle.

Parmi le grand nombre de preuves que je pourrois donner de l'embarras où nous ont jeté les
anciens auteurs sur la question dont il s'agit,
je ne citerai que deux passages, l'un tiré de Pausanias et l'autre de Cicéron.

Pausanias (6), en parlant de Lycaon changé
en loup, pour avoir sacrifié un enfant à Jupiter,
ajoute (7): (Je suis la traduction de l'abbé Gedoyn).
« En effet, ces premiers hommes étoient souvent
» les hôtes des dieux et leurs commensaux ;

(6) L. viii, ch. 2.

(7) « Οἱ γὰρ δὴ τότε ἄνθρωποι ξένοι καὶ ὁμοτράπεζοι θεοῖς ἦσαν
» ὑπὸ δικαιοσίνης καὶ ἰυσεβείας. Καὶ σφίσιν ἐναργῶς ἀπήντα παρὰ
» τῶν θεῶν τιμὴ ὅτε οὖσιν ἀγαθοῖς, καὶ ἀδικήσασιν ὡσαύτως ὀργὴ.
» Ἐπείτοι καὶ θεοὶ τότε ἐγίνοντο ἐξ ἐνθρώπων, οἳ γέρα καὶ ἐς τόδε
» ἔτι ἔχουσιν, ὡς Ἀρισταῖος, καὶ Βριτόμαρτις οἱ κρητικοί, καὶ Ἡρα-
» κλῆς ὁ Ἀλκμήνης, καὶ Ἀμφιάραος ὁ Οϊκλέους. Ἐπὶ δὲ αὐτοῖς
» Πολυδεύκης τε καὶ Κάστωρ. Ὅ υἱω πύθοιτο ἄν τις καὶ Λυκάονα
» θηρίον, καὶ τὴν Ταντάλου Νιόβην γενέσθαι λίθον. Ἐπ' ἐμοῦ δὲ (κακία
» γὰρ δὴ ἐπὶ πλεῖστον ηὔξετο καὶ γῆν τε ἐπενέμετο πᾶσαν καὶ πόλεις
» πάσας) οὔτε θεός ἐγίνετο οὐδεὶς ἔτι ἐξ ἀνθρώπου, πλὴν ὅσον λόγῳ
» καὶ κολακείᾳ πρός τὸ ὑπερέχον. Καὶ ἀδίκοις μὲν τὸ μύνιμα τὸ ἐκ
» τῶν θεῶν ὀψέ τε καὶ ἀπελθοῦσιν ἐντεῦθεν ἀπόκειται ».

» c'étoit la récompense de leur justice et de leur
» piété; les bons étoient honorés de la visite des
» dieux, et les méchans éprouvoient sur-le-champ
» leur colère : delà vient que plusieurs d'entre les
» hommes furent alors *déifiés*, et qu'ils jouissent
» encore des honneurs divins. Témoins Aristée
» et Britomartis de Crète, Hercule, fils d'Alc-
» mène, et Amphiaraüs, fils d'Oiclés, auxquels
» on peut ajouter Castor et Pollux. Par la raison
» contraire, on peut bien croire que Lycaon prit
» la figure d'une bête, et que Niobé, fille de
» Tantale, fut changée en rocher. Mais aujour-
» d'hui que les hommes sont généralement cor-
» rompus, et qu'il n'y a pas une ville, pas un
» coin de terre qui ne soit plein de leur iniquité,
» on ne voit pas que les dieux en adoptent aucun,
» si ce n'est par de vaines *apothéoses* qu'invente
» la flatterie; et la justice divine, plus lente et
» plus tardive, se réserve de punir les coupables
» après leur mort ». Voilà, dans cette traduction,
les mots de *déification* et *d'apothéose* qui ne se
trouvent point dans le texte, et qui n'en rendent
pas le vrai sens. L'auteur s'exprime à la vérité
d'une manière vague; mais le traducteur auroit
dû, par cette raison même, s'en tenir au mot à
mot, et dire : « Delà advint que quelques hommes
» prirent place parmi les dieux », et plus bas, « si
» ce n'est ceux à qui la flatterie a donné ce titre,
» à cause du poste éminent qu'ils occupoient ».
Il nous restera toujours à comprendre si Pausanias a voulu parler de la déification ou de l'apothéose.

L'abbé d'Olivet n'a pas mieux réussi à rendre un passage de Cicéron, dans la traduction des *Entretiens sur la nature des Dieux*, l. 1.ᵉʳ, p. 149. « Ceux qui prétendent, dit-il, que tous ces dieux, » objet de notre culte et de nos prières, ne sont » que des hommes courageux, illustres et puis- » sans qu'on a *deifiés* après leur mort, etc. ». Il y a dans le texte : « *Post mortem ad Deos per-* » *venisse* ». Cicéron est ici bien plus clair que Pausanias, puisqu'on ne peut douter qu'il ne s'agisse de l'apothéose. Le traducteur auroit dû employer une périphrase, ou bien se servir du mot propre *apotheose*. Il auroit dû d'autant plus soigner ce passage, qu'il fait remarquer lui-même, dans une note du livre 3, page 28, combien il est difficile de bien rendre les auteurs anciens. « Tout » est plein, dit-il, de termes équivoques dans le » style des anciens, si nous n'y prenons garde ».

Pour mieux vous prouver l'inconvénient de l'admission d'une synonymie entre les expressions dont il s'agit, permettez-moi de citer deux lignes d'un Mémoire sur les mœurs des siècles héroïques par le savant Rochefort (8). « On peut conjecturer, » dit-il, que le siècle qui produisoit les héros » n'étoit pas celui qui les *divinisoit* ». Et tout de suite : « L'interprétation que j'ai donné à la *deifi-* » *cation* d'Hercule, peut s'appliquer à la pré- » tendue *apothéose* de Ganymède ». On conviendra sans doute que cette diction n'est ni claire ni convenable.

(8) Acad. des Inscr. et Bell. Lett. tom. **xxxvi**, p. 411.

Il importe donc de poser des principes qui aident à démontrer, qu'on ne peut indifféremment se servir des mots *apothéoser*, *déifier*, et même de celui de *diviniser*, sans faire apercevoir qu'on n'a qu'imparfaitement saisi la vérité qui est le seul but de l'Histoire. C'est ce que je me suis proposé, principalement dans cette lettre, en recherchant tout-à-la-fois les idées morales que ces mots peuvent faire naître, et tout ce qui peut nous conduire à expliquer, d'une manière plus étendue qu'on n'a fait jusqu'aujourd'hui, l'inscription de Rosette dans divers points relatifs à l'Histoire et à la religion des temps reculés.

Quoique les idées sur l'origine et sur la nature des cultes ayent beaucoup varié chez les anciens et chez les modernes, on ne s'accorde pas moins à penser qu'à des époques éloignées de celle de l'Histoire, des hommes bienfaisans, courageux ou hardis, obtinrent des honneurs divins.

Cette opinion est fondée principalement sur des dogmes orientaux, adoptés par des Grecs, qui reconnurent une théophanie ou manifestation des dieux sous une forme humaine, et une génération de héros dont les mères avoient été aimées par ces dieux, ou dont les pères avoient été les amans de quelques déesses.

On sait que ce fut principalement sur ces dogmes que s'établirent la religion des Égyptiens et des Phéniciens, et successivement celle des Grecs et celle des Romains, qui n'en étoient qu'une imitation modifiée. On reconnoît aussi que toute idée acces-

soire à ces dogmes, appartient toujours au princip
qui établit qu'une intelligence supérieure prési
doit au gouvernement de l'univers, et que de
génies qui lui étoient subordonnés, en avoier
l'administration, sous quelque forme qu'ils pusser
se manifester aux hommes, et à quelque partie d
la nature physique qu'ils parussent présider.

Quoiqu'Hérodote, en rapportant les opinion
des Prêtres de l'Égypte, semble persuadé que l
culte des Égyptiens n'admettoit point l'anthro
polatrie, il paroît cependant prouvé par les té
moignages les plus authentiques, par celui d
Diodore de Sicile, de Pline, de Minucius Félix
de Saint Augustin, et de la plupart des Pères d
l'Église, que cette doctrine n'étoit pas étrangèr
à cette nation.

Quoi qu'il en soit, une crédulité superstitieus
pouvoit faire supposer, dans un homme célèbre
des rapports médiats ou immédiats avec les dieux
mais il ne résultoit de cette croyance qui divinisoi
un tel homme, qu'un droit à la *déification* ou à
l'*apothéose*, et ce droit n'avoit pas toujours sor
effet.

Dans l'acception purement métaphorique, le
mot *divin* s'applique à l'objet d'une admiration
excessive, soit au physique, soit au moral. On a
toujours divinisé, on divinise encore ce qui,
parmi divers objets comparés ensemble, frappe
le plus par sa beauté ou par ses convenances, et
s'élève fort au-dessus de la classe ordinaire; ainsi,
un esprit sublime est *divin*, un ouvrage qui

se fait remarquer par un mérite extraordinaire, est *divin*, et une production de la nature dans le sens hyperbolique, est *divine* par opposition à une autre de même genre qui paroît avec moins d'éclat. C'est dans le même sens qu'on a dit le *divin* Platon, le *divin* Homère; c'est ainsi qu'un amant *divinise* les attraits de sa maîtresse, et c'est dans le même sens figuré que la langue grecque ancienne et moderne, admet les mots θεῖος et θεῖα, le divin, la divine, pour désigner la qualité d'oncle et de tante (9).

Dion remarque que le surnom d'*Augustus*, donné à Octavien, à l'instigation de Munacius Plancus, étoit l'équivalant de *divus* le *divin*. Les Grecs rendent ce mot par σεβαστὸς, qui signifie quelque chose de digne de vénération religieuse; il ne fut employé dans la suite, à l'égard des Empereurs, que comme un titre de puissance.

Parmi les qualifications pompeuses que les Empereurs de Constantinople se sont données en divers temps, ou que l'adulation leur a prodiguées,

(9) M. Coray, si avantageusement connu par l'étude profonde qu'il a faite de la langue grecque ancienne et moderne, et par ses savans ouvrages, a observé avec sa sagacité ordinaire dans son Πρόδρομος ἑλληνικῆς βιβλιοθήκης, page ρίγ de la préface, que l'esprit de cette qualification tient à l'idée de rendre plus respectables aux orphelins ceux que la nature appelle à remplacer les pères et les mères auprès d'eux, et à rappeler en même temps à ces *divins* la sainteté de leurs devoirs. Il est à remarquer que les langues italienne, espagnole et portugaise, se sont enrichies de ces deux mots grecs, tandis que la langue française a conservé l'origine latine dans le mot *oncle*.

on doit remarquer celles de *divin* et de *divine* ; que des Princes chrétiens ou leurs femmes employoient dans les actes publics et dans leurs lettres. Cette vanité, qui tenoit de très-près au paganisme, pourroit surprendre si on ne considéroit pas que l'habitude de l'ancien style les entraînoit. On a lieu d'être bien plus surpris de voir les Pères du Concile de Chalcédoine accorder le titre de très-divin θειόταθος aux Empereurs Marcien et Valentinien. Villoison, dans la seconde des lettres déjà citées, rapporte divers exemples très-curieux de cette dénomination. J'ajouterai qu'après l'établissement du christianisme, ces idées orientales ne se conservèrent pas également dans tous les pays. On aperçoit, dans les Capitulaires de Charlemagne, qu'on désapprouvoit en France que Constantin VI et Irène sa mère donnassent à leurs édits les titres de *divins*.

Il résulte de ces observations que les mots de *divin*, *divinisation* et *diviniser*, ne peuvent convenir que dans le cas d'une idée vague qui ne détermine ni la *déification*, ni l'*apothéose*; et l'apothéose, au contraire, ainsi que la déification, supposent des actes publics qui ont fixé l'opinion des peuples, et établi un culte en l'honneur de l'homme déjà regardé comme un dieu. Je vais établir plus particulièrement les différences qui caractérisent ces deux dernières expressions.

APOTHÉOSE.

C'est de la disposition des peuples à accorder

les honneurs divins aux grands hommes, que devoit naître l'apothéose *απολέωσις*, admission parmi les dieux (10), acte pieux et solemnel qui annonçoit l'entrée dans l'Olympe, de ceux que l'admiration, la crainte ou la crédulité firent nommer les enfans des dieux.

Le génie de la législation des Grecs adopta cette disposition populaire; elle servit à exciter dans ces ames ardentes la passion de la gloire et de la célébrité. La philosophie de Pythagore s'en empara, et entretint cette crédulité qui, en reconnoissant une essence intermédiaire entre les dieux et les hommes, favorisoit tous les genres de superstition. L'école de Platon n'osa pas la rejeter, et il ne faut pas s'étonner si elle s'étendit chez presque tous les peuples civilisés, et surtout chez les Romains, fidèles imitateurs des Grecs.

On est bien embarrassé lorsqu'on veut remonter aux premières sources de l'apothéose, et qu'on cherche à connoître ses premières formules et ses premiers rits. La difficulté d'obtenir des idées justes sur ce sujet se manifeste dans la contrariété ou dans le vague des opinions des anciens écrivains, et surtout dans le silence d'Hésiode. Ce poète pouvoit bien croire aux apothéoses de Bacchus, fils de Sémélé; d'Hercule, fils d'Alcmène; de Castor et Pollux, fils de Léda, et à celle

---

(10) Mot composé de la préposition *απò* après, et de *θέωσις*, qui signifie divinisation, c'est-à-dire, *divinisation après la mort.*

2

de tant d'autres héros ; mais l'on voit que l'époque
et la forme de la consécration de ces demi-dieux
n'entrent pas dans son plan ; le mot ἀποθίωσις lui
est même inconnu.

Homère ne fait également aucune mention du
culte rendu à ses héros ; mais il leur donne une
si grande élévation, qu'on peut penser qu'il les
admet après leur mort parmi les dieux dont il les
fait descendre, et à cet égard il est dans l'esprit
des siècles reculés qui honoroient religieusement
les morts. Il qualifie Priam de θεοειδής, *qui a forme
de dieu*; Achille de δῖος *le divin*, et il fait dire à
Jupiter qu'il desire qu'Ulisse reçoive les honneurs
divins des heureux Phéaciens.

Les expressions qui paroissent avoir été em-
ployées par les auteurs postérieurs pour désigner
la solemnité des obsèques des héros, sont celles de
τιμαὶ ἡρωικαί, *honneurs héroïques*, cérémonie dont
les rits varièrent beaucoup relativement aux temps
et aux personnes, et même aux peuples qui les
pratiquèrent. Homère nous en a transmis une
description d'autant plus précieuse qu'elle nous
fait connoître, aux victimes humaines près, ce
qu'on célébroit encore de son temps pour l'anni-
versaire des jeux établis en l'honneur des enfans
de Codrus, conducteurs des colonies grecques
dans la Basse-Asie.

« Ces honneurs, quoi qu'en dise Hérodote,
» étoient un peu plus que des funérailles ; on peut
» en juger par ceux qu'Achille rendit à Patrocle ;
» mais enfin ces honneurs se changeoient souvent

» en honneur divins τιμαὶ ἰσόθεοι, soit par dévotion
» populaire, soit par des décrets émanés de l'au-
» torité publique (11) ».

L'usage de ces fêtes héroïques étoit bien anté-
rieur à la guerre de Troie. Suivant Pausanias,
Azan, fils d'Arcas, fut le premier pour qui les
Grecs instituèrent des jeux funèbres. Les Argo-
nautes en établirent en l'honneur de Pélias. Les
compagnons de Léonidas honorèrent d'avance son
trépas et le leur par des jeux semblables ; et
Alexandre, peu avant sa mort, prédit figurément
les grands jeux funèbres qui seroient donnés après
lui ; enfin à Rome, les jeux du cirque accom-
pagnoient toujours l'apothéose.

L'apothéose héroïque et celle que je pourrois
appeler historique, ont existé l'une et l'autre. La
première fut une institution simple et établie par
bonne foi et par la croyance publiques. La seconde n'en fut qu'une imitation, à laquelle les
Princes qui osèrent se l'approprier, donnèrent une
extension colossale.

En effet, à mesure que la Grèce perdoit de vue
les principes primitifs de ses institutions religieuses, et qu'elle s'éclairoit, les honneurs héroïques tomboient en désuétude ; cependant l'en-
cens ne cessoit de brûler près des tombeaux et
dans les temples de ces hommes célèbres qu'elle
honoroit d'un culte. Parmenion faisoit abattre
ces temples pour appeler plus de vénération sur
ceux d'Alexandre. Ce fut alors que les hauts faits

(11) *Acad. inscr.* t. xxxvi, p. 33.

de ce Prince accélérèrent à Babylone le rétablissement du culte héroïque, et le héros Macédonien étonna l'univers par la pompe et par la magnificence d'une apothéose, inusitée jusqu'alors, dont il honora Éphestion son favori.

Cet exemple fut suivi par Ptolémée Soter qui, peu de temps après célébra à Memphis la consécration d'Alexandre, et lui bâtit un temple comme au nouveau génie de l'Égypte. Il reçut lui-même cet honneur par son fils Philadelphe, et jusqu'à Ptolémée Philopator inclusivement, toute l'Égypte vint adorer, dans le temple d'Alexandre, une suite de Rois devenus dieux par l'apothéose ; enfin les Prêtres rassemblés à Memphis, en déifiant Ptolémée v, semblent lui annoncer son apothéose future. On voit que l'exemple qu'avoit donné Alexandre ne manqua pas d'imitateurs ; le culte qu'il fit rendre à Éphestion, devint le partage de tout homme qui osa l'ambitionner, et ensuite un droit héréditaire si ridicule, qu'un auteur satyrique fait dire à Atlas, qu'il ne peut plus soutenir le poids de l'Olympe.

Parvenue à Rome sous l'empire des Césars, avec tout l'éclat auquel elle pouvoit atteindre, l'apothéose ne fut célébrée que sous la dénomination de *consecratio*. Ce mot n'exprime réellement que la sainteté de la cérémonie, et non l'acte qui plaçoit dans le ciel l'homme divinisé. Les monétaires et les auteurs n'employèrent pas d'autres termes, quoique les Grecs eussent déjà créé celui d'*ἀποθέωσις*; Polybe, et sans doute d'autres avant lui, s'étoient

servi de ce dernier. Cicéron, toujours à citer pour
la précision et pour la clarté, ne manque pas ordinairement de l'employer en grec. Il s'en sert
notamment, en disant après la mort de sa chère
Tullia, qu'il veut faire son apothéose (12); ce qui
me fait observer en passant, contre l'opinion de
divers modernes, qu'il y eut chez les Romains,
comme chez les Grecs, des apothéoses domesti-
ques. Aristote, Cicéron, Hérodote, Atticus, af-
fectèrent cette piété dont on pourroit rapporter
d'autres exemples. Ce ne fut que longtemps après
l'orateur romain, que la langue latine s'enrichit
du mot *apotheosis*. On le trouve dans Prudence
et dans d'autres auteurs chrétiens.

Il est aisé de reconnoître combien le culte héroïque dût éprouver de modifications dans son
objet, dans ses rites et dans sa dénomination,
depuis les premiers temps de la Grèce jusqu'à son
admission à Rome ; et il seroit sans doute utile
d'établir historiquement les nombreuses varia-
tions qu'on peut remarquer entre l'apothéose
mythologique, l'apothéose héroïque et celles des
hommes placés hors de ce cercle mystérieux. Le
savant Maffei, en parlant de la consécration de
Faustine la mère (15), a donné un essai sur ce
sujet intéressant, où il paroît regretter l'ouvrage
du docte prélat Sévéroli, qui l'avoit traité à fond,
et dont le manuscrit est perdu. Schœpflin (14) l'a

(12) *Litt. ad. Attic.* XV, *ut maxime assequar* ἀποθέωσιν.
(13) *Gemm. Antich.* t. III, p. 206 et suiv.
(14) *Dis. hist.*, Argent. 1729.

aussi entrepris très-superficiellement, quant aux anciennes apothéoses, mais très - savamment par rapport aux Romains.

Quoique depuis l'époque où écrivoient ces deux savans et avant eux, on ait souvent tenté accessoirement d'approfondir un pareil sujet dans des ouvrages précieux; on ne sauroit, au milieu de diverses opinions contradictoires, se former une idée satisfaisante sur le systême de ces sortes de consécrations. Rochefort, déjà cité, et Freret qui est d'une grande autorité, n'admettent aucune apothéose avant Homère, tandis que l'abbé Faucher (15) en reconnoît depuis Cadmus. L'abbé Bergier, dans son Traité de l'origine des Dieux du paganisme, observe que l'apothéose des hommes célèbres est postérieure à la religion publique; et Cicéron n'admet la consécration de Romulus que longtemps après que les poésies d'Homère furent répandues partout.

Quoi qu'il en soit, il me paroît que l'acte religieux exprimé par le mot *apothéose*, ne doit appartenir qu'à la cérémonie des obsèques d'hommes déjà divinisés par des oracles ou par un assentiment populaire sanctionné par le sacerdoce, et que le mot d'*apothéose* ne peut être en aucun sens l'équivalent de celui de *déification*.

DÉIFICATION.

La déification Θεοποίησις, avoit pour objet le personnage divinisé, et l'animal mystérieux auxquels

(15) *Acad. inscript.* t. xxxvi.

on accordoit les honneurs divins durant leur vie. Déifier (16), c'étoit déclarer, par des décrets, qu'un être vivant étoit actuellement un dieu; l'établissement d'un culte étoit une suite naturelle de la déification. De cet usage étoit venu le titre fastueux d'Épiphane ἐπιφανὴς, qui annonçoit la divinité réelle et visible d'un Roi déifié.

On déifioit Apis et Mnévis, ainsi que le bouc de Mendès en Égypte, dès qu'on avoit trouvé ces animaux avec les signes requis pour les faire reconnoître, et après leur mort ils n'étoient plus rien, malgré les obsèques religieux qu'on leur faisoit, et qui occasionnoient souvent de grandes dépenses, suivant la dévotion du Prince régnant.

La déification, à l'égard des hommes, peut être très-ancienne dans l'Orient ; mais nous n'en avons des preuves historiques et positives que par rapport aux Grecs et aux Romains. Cet usage pieux fut, ainsi que l'apothéose, tantôt l'expression de la reconnoissance ou de l'admiration, tantôt l'effet d'un abus de la crédulité, ou enfin la preuve d'un relâchement moral politique, provoqué par la grandeur des Princes qui assujétirent successivement ces deux nations : aussi voit-on aux époques où la liberté des Grecs alloit s'anéantir avec leur gouvernement ; et la liberté de Rome s'ensevelir avec Pompée, la déification devenir l'apanage héréditaire des familles royales et impériales.

On pourroit néanmoins juger, par la rareté des

(16) Θεοποιεῖν, mot composé de Θεός, Dieu, et de ποεῖν, faire, c'est-à-dire, faire un dieu.

monumens qui nous transmettent les formules et
les rits de ce genre de culte, qu'il fut d'abord accordé difficilement par une volonté générale et
spontanée, comme signe de bonheur public. Il
étoit en effet plus aisé à un Souverain d'obtenir
l'apothéose de son père ou de son favori, que de recevoir pour lui-même, ainsi que Ptolémée Épiphane,
les honneurs de la déification solemnelle (17). Ce
qu'il y a de bien vrai à cet égard, c'est que dans nos
immenses recueils d'inscriptions, à peine pouvons-
nous en compter une pareille à celle de Rosette;
c'est celle où les Sigéens publièrent le décret par
lequel ils décernoient les honneurs divins à Antiochus I.er, en le qualifiant de sauveur ΣΩΤΗΡ, et de
bienfaisant ΕΥΕΡΓΕΤΗΣ; inscription que Chishul a
publiée dans ses Antiquités asiatiques. Ce savant
Anglais, en parlant du Prêtre désigné par le peuple et par le Sénat pour desservir l'autel d'Antiochus Soter, a employé improprement le terme
d'apothéose, « sacerdos, dit-il, regis Antiochi so-
» teris huic Sigei constitutus, ejus adhuc viventis
» ἀποθέωσις testatur ». Ne falloit-il pas dire déifica-
tio, qui épargnoit les mots ejus adhuc viventis.
Un de nos plus savans antiquitaires a dit aussi
qu'Antoine s'occupoit à Alexandrie de tout autre
soin que de son apothéose. Le mot de déification
auroit ôté l'équivoque; car on pourroit penser
que le fameux Triumvir s'occupoit déjà des
moyens d'obtenir l'apothéose après sa mort. Je
viens à mon sujet.

(17) Le droit d'image sur la monnoie fut, à cette époque, un
signe de la déification. J'aurai occasion de revenir sur ce sujet.

Malgré la rareté des monumens semblables à celui de Rosette, nous ne devons pas révoquer en doute que le temps n'en ait détruit un grand nombre. Nous devons regretter entre autres ceux qui concernent la déification d'Alexandre. On retrouveroit, avec beaucoup d'intérêt, celui des Rhodiens en faveur de Ptolémée Soter, leur libéteur ; celui des Milésiens, pour Antiochus II, qui les avoit délivrés de la tyrannie de Timarque, et qui prit le premier le titre de *dieu* sur sa monnoie ; celui des Lemniens qui, suivant Athénée (18), élevèrent un temple à Séleucus I.er et à son fils Antiochus Soter, et enfin celui de Stratonice, si fameuse par son mariage avec ces deux Rois, et à qui les Smyrnéens dédièrent un temple sous le nom de Vénus Stratonicée (19). Les honneurs que ces nouveaux dieux obtinrent, ainsi que Ptolémée Épiphane à Memphis, étoient bien plus flatteurs que ceux de même nature que l'autorité ambitionnoit, et dont les médailles nous donnent des preuves très-fréquentes.

Il n'est pas douteux qu'il n'y ait eu des motifs très-opposés d'accorder la déification, qu'il n'y ait eu aussi diverses modifications dans le cérémonial attaché à cet honneur. La situation politique des peuples, leur théologie particulière, en déterminoient les formes et les protocoles. Ils portoient quelquefois l'adulation jusqu'à dire que leurs dieux tutélaires avoient abandonné la terre

(18) L. vi, p. 255.

(19) *Marm. Oxon.*, p. 6.

à leur prétendus enfans. Aussitôt que Démétrius Policrète s'est rendu maître d'Athènes, les Athéniens, au rapport de Plutarque, ne reconnoissent plus que ce Prince pour leur sauveur; ils déifient son père Antigone, et jusques à ses mignons et à ses maîtresses, enfin ils invectivent les dieux de la patrie qui les ont délaissés.

Les Grecs avoient si souvent deifié des Romains même avant l'empire des Césars, qu'on ne regardoit ces déifications à Rome que comme la mesure de la plus complette soumission à la République. Cicéron paroît avoir pensé (20) que si les Grecs avoient déifiés son frère, c'étoit réllement à cause de ses vertus; mais il ne s'ensuit pas, comme on l'a dit, qu'il crût que les vertus seules fussent déifiées, et non pas les hommes.

Le temps arriva où Rome, adorée des nations, mais corrompue par leurs dépouilles, fut aussi profanée par un culte qu'elle avoit méprisé. César osa l'ambitionner, et il obtint des autels à Rome et dans les provinces, pendant les dernières années de sa vie. Bientôt la déification ne fut, pour les Empereurs romains, ainsi qu'on l'avoit vu dans la Grèce, qu'un moyen de s'entourer d'une vaine apparence de dignité, ou de braver les convenances : cette nouvelle usurpation constatoit de plus en plus, dans la capitale du monde, l'assujétissement des peuples et des Rois; elle présageoit

(20) L. 1, epist. 1.

déjà la chûte de l'empire , et annonçoit le terme
d'une religion avilie.

Il est d'autant plus important de remarquer la
différence qui existe entre la déification et l'apothéose , que cette différence nous est clairement
démontrée par l'histoire. Ne voyons-nous pas le
même héros , le même prince , mis au rang des
Dieux de son vivant , ensuite honoré de l'apothéose après sa mort ? Cette dernière consécration
confirmoit la divinisation : la déification devan-
çoit l'apothéose , mais elle ne pouvoit l'assurer.
Caligula, Domitien et d'autres empereurs dépravés
et méchans , se firent rendre de leur vivant un
culte égal à celui des dieux , mais le sénat refusa
de décréter leur apothéose , tant étoit exécrée
la mémoire de leurs vices et de leurs cruautés.
« *Nisi homini Deus placuerit,* dit Tertulien ,
» *Deus non erit ; homo jam Deo propitius esse*
» *debebit* (21).

TRISTAN DE SAINT-AMAN, auteur encore cité,

(21) Une anecdote très-curieuse sur la déification , peut trouver ici sa place. M. DE GUIGNES, digne fils du célèbre Académicien de ce nom , à son retour de la Chine , où il a séjourné
dix-huit ans , lut , il n'y a pas longtemps , à la 3.e classe de
l'Institut, quelques *Observations critiques sur le Voyage à la
Chine* [de M. BARROW, en 1794. J'ai remarqué dans son Mémoire , qui est imprimé , le passage suivant : « Nous vîmes à
» Hoang-Tchou , sur le lac Sy-Hrou , une pagode qui conte-
» noit 500 Dieux : l'empereur Kien-Long alors vivant , étoit
» de ce nombre. On doit croire que cette *déification* étoit avan-
» tageuse à la pagode , car elle étoit dans le meilleur état. »
On reconnoîtra que le mot apothéose eût été déplacé dans cet
exposé.

à cause de sa profonde érudition, et auquel le temps où il écrivoit, fait pardonner les erreurs numismatiques dans lesquelles il est tombé, avoit senti la nécessité d'admettre une distinction entre la *déification* et l'*apothéose* ; aussi emploie-t-il quelquefois le terme de *canonisation* pour exprimer la consécration des empereurs romains.

Y a-t-il rien en effet de plus analogue ? L'une et l'autre de ces solemnités marquent l'admission aux célestes demeures, de ceux qu'un décret religieux y place, après avoir déterminé le culte qui leur est dû. L'habitude et peut-être le besoin de l'imitation, ne pouvoient manquer de faire adopter, après la chûte de l'idolâtrie, un usage qui, en édifiant les fidèles, les encourage à la pratique des vertus chrétiennes. Rome ancienne apothéosoit ses empereurs, après les avoir trouvés dignes d'être placés parmi les Dieux : Rome moderne admet dans les cieux les martyrs et les ames pieuses, après un jugement rigoureux.

L'analogie entre la déification et la béatification, est encore admissible, si l'on considère que ces deux actes religieux n'appartiennent pas à la généralité de la croyance. Une ville de la Grèce déifioit un de ses concitoyens ou tout autre personnage qui lui paroissoit mériter cet honneur, sans qu'il y eût réunion générale des Grecs, pour admettre le culte qui lui étoit accordé par ceux qui le déifioient. A Rome un empereur déifié n'étoit avoué pour Dieu que par ceux qui redoutoient son indignation ; aujourd'hui un corps religieux

est autorisé par le Pape à invoquer un béatifié ;
mais, sans les formes légales de la canonisation ,
il ne peut être inscrit dans le rituel.

Nous pouvons dire aussi, sans crainte d'outrer
une métaphore , que nous *divinisons* les grands
hommes par des honneurs publics ; que nous *ado-
rons* leur bienfaisance ; qu'on les *déifie* journellement , en multipliant leurs images , et que l'histoire se charge de leur *apothéose*. C'est ainsi que
notre religion et nos mœurs n'ont fait que modifier
les formes de cette vénération que les peuples sont
toujours portés à accorder aux grands talens et
aux grandes vertus.

Disons qu'Alexandre, dès ses premiers exploits,
fut *divinisé* dans le cœur de ses soldats et dans
l'esprit des Grecs de l'Asie, dont il paroissoit réellement le sauveur, ΣΩΤΗΡ ; que ce sentiment pro-
voqua sa *déification* , et que Ptolémée Ier célébra
son *apothéose*.

Disons que Jules-César se *divinisoit* en accré-
ditant son affiliation avec Anchise et Vénus ; que
la crainte autant que l'adulation le *déifièrent ;* et
qu'Auguste , qui ambitionna beaucoup les honneurs divins, obtint son *apothéose*.

Disons enfin que Ptolémée v, dont l'inscription
de Rosette célèbre les Vertus , étoit réputé de race
divine par sa descendance d'Hercule ; que les prêtres réunis à Memphis, décrétèrent sa *déification;*
mais qu'on ignorera peut-être encore longtemps

s'il reçut, ainsi que ses ancêtres, les honneurs de l'*apothéose*.

Telles sont, mon cher philologue, les observations préliminaires dont l'inscriptiou de Rosette et les commentaires que divers savans en ont faits, m'ont paru susceptibles ; elles sont bien longues pour une lettre ; mais je serai justifié à cet égard, si elles vous font naître le desir d'en connoître la suite : ce seroit un signe de l'approbation qu'ambitionne de vos lumières celui qui vous estime autant qu'il vous aime.

SECONDE LETTRE

DE M. COUSINERY,

ANCIEN CONSUL - GÉNÉRAL DE FRANCE

DANS LA MACÉDOINE.

Extrait du *Magasin Encyclopédique*, numéro de Septembre 1807, Journal pour lequel on s'abonne à l'Imprimerie Bibligraphique, rue Gît-le-Cœur, n°. 7.

SECONDE LETTRE

DE M. COUSINERY,

A M. Rostan, *Membre de l'Académie de Marseille.*

Minorité de Ptolémée v.

J'ai tâché, mon cher ami, de vous prouver dans ma précédente lettre que l'inscription de Rosette a eu pour objet de transmettre à la postérité la déïfication de Ptolémée v, et que l'intronisation de ce Prince à Memphis n'y est mentionnée qu'accidentellement. Je crois avoir suffisamment démontré que le mot le plus propre à désigner l'acte qui élevoit chez les anciens un homme encore vivant au rang des immortels, est celui de *déïfication*, et que le mot *apothéose* doit être réservé pour indiquer l'hommage religieux par lequel un homme, après sa mort, étoit placé parmi les dieux.

Après vous avoir communiqué mes réflexions sur ces deux objets, je veux faire en sorte de déterminer l'époque à laquelle les prêtres égyptiens déifièrent Ptolémée v. Devons-nous croire qu'ils lui décernèrent cet honneur suprême lorsqu'il étoit à peine âgé de treize ans, comme l'ont pensé les savants qui ont écrit sur ce sujet ? N'est-il pas plus vraisemblable qu'ils ne lui accordèrent cet hommage éclatant que lorsqu'il eut atteint l'âge de vingt-cinq ans, ainsi que Polybe

nous le fait entendre (1) ? Pour adopter la première de ces opinions , il faudroit nous persuader
que les tuteurs de Ptolémée v, avoient eux-mêmes,
par la sagesse de leur administration, mérité au
plus haut degré la reconnoissance publique, et
que les prêtres de Memphis , par une adulation
excessive, auroient décerné au jeune Prince l'honneur qui n'auroit été dû qu'à ses tuteurs. Je vous
rappellerai dans ma troisième lettre, la longue
suite de grandes actions et de bienfaits qui motivèrent la déification de ce Prince : il paroîtra
sans doute évident qu'il ne put commencer à
mettre en exécution tant de grandes choses avant
d'avoir atteint sa majorité , ou, pour mieux dire ,
la plénitude de sa raison (2). Je vais prouver plus
particulièrement dans celle-ci , que sa minorité fut
extrêmement orageuse ; que ses premiers tuteurs,
bien loin de s'occuper du bonheur des peuples, ne
cherchèrent qu'à se supplanter les uns les autres , et
à dilapider les finances de l'Etat ; qu'ils eurent à
soutenir des guerres désastreuses ; que le dernier
d'entre eux , dont les intentions étoient pures ,
eut à peine assez de moyens pour calmer les maux
les plus pressans ; et qu'enfin ce Prince fut trop
heureux, dans de pareilles circonstances, de conserver sa vie et son royaume.

Ces recherches me donneront l'occasion de re-
lever des erreurs faites par quelques historiens
modernes, au sujet de cette minorité. La plus

(1) Exc. Vales. pag. 113.
(2) Ce prince fut déclaré majeur à treize ans,

notable concerne M. Æmilius Lepidus, que différens écrivains croyent avoir été tuteur de Ptolémée v, et qui ne le fut en effet que de ses deux
fils, l'un nommé Philometor, et l'autre Evergète ii.

L'illustre auteur de l'Histoire ancienne (3),
et les savans Anglais qui ont composé une Histoire universelle, justement estimée (4), n'ont pas
donné assez d'attention à cette partie de la tutelle
de Ptolémée v; trop occupés par la quantité des
monumens historiques qu'ils avoient rassemblés,
ils n'ont pas pénétré assez profondément dans les
sources où ils puisoient : on sent que la discussion
eût été longue et que leur tâche auroit été bien
pénible, s'ils eussent voulu examiner avec détails
des faits que l'insuffisance des matériaux rendoit
souvent très-obscurs. Il y auroit autant d'injustice
que d'ingratitude à les juger rigoureusement sur
ce point.

On doit être surpris que Vaillant, qui a écrit
l'Histoire particulière des Ptolémées, n'ait pas
fait servir plus utilement la connoissance des
médailles à applanir un grand nombre de difficultés que cette Histoire renferme. Son ouvrage
est plutôt un amas de citations faites mot à mot,
ainsi qu'il le dit lui-même (5), qu'une narration
exacte et suivie : il sembleroit qu'il n'y a pas apporté cette critique éclairée dont il étoit si capable ; aussi le savant abbé Éckhel considère-t-il

(3) Rollin, t. viij pag. 213, 229 à 231.

(4) Tome xiv, pag. 364 et suiv.

(5) *Alligare me volui, referendis solùm auctorum verbis ;*
præf. Hist. Reg. Egypt.

cette production comme le plus foible ouvrage de ce célèbre numismate (6).

Parmi les différens objets où la négligence de ce savant se laisse reconnoître, je pourrois faire remarquer qu'il n'est nullement fondé à supposer, comme l'ont fait bien d'autres, qu'Agathocle, tuteur du jeune Roi, eut péri dès la première année de la tutelle qu'il avoit usurpée, ainsi que la régence. Rollin avance avec moins de droit encore, d'après le seul témoignage de Justin, que ce régent perdit la vie immédiatement après la mort de Ptolémée Philopator, père d'Epiphane. Je n'ai pas été moins surpris de l'erreur de cet estimable savant, lorsqu'il confond ensuite Sosibe le fils avec Sosibe le père, et qu'il fait de Tlépolème un des ministres de Philopator (7).

Parcourons rapidement l'histoire de la minorité de Ptolémée v, et celle des années qui avoient précédé, en remontant jusqu'à Soter i.er

Après de longues et de sanglantes querelles

(6) *Negligentiæ verò, summæ passim in hoc opere luculenta habes specimina, ut cum in canone chronologico Epiphanem constanter appellet, qui Evergetes est; et cum Cleopatræ postremæ historiam sic finit. Romani diem quo capta Alexandria...* J'aurai occasion dans mes lettres subséquentes, de démontrer avec la plus grande évidence, combien Vaillant a été induit en erreur dans cette histoire, au sujet des descendans de Soter, notamment à l'égard du portrait de Ptolémée III (Evergète I), qu'il attribue tantôt à Ptolémée XI, et tantôt à Ptolémée XII, et ce qui est encore plus remarquable relativement à l'objet qui nous occupe, en prenant la tête de Ptolémée v, pour celle de Ptolémée XIII, frere malheureux de la dernière Cléopatre.

(7) Hist. Anc. t. viij, pag. 213.

entre les généraux d'Alexandre, et après l'ex-
tinction totale de la race de ce conquérant en
ligne directe (8), Ptolémée, surnommé Soter,
l'un de ses plus heureux et de ses plus braves ca-
pitaines, s'empara de l'Egypte, de la Phénicie et
de la Célésyrie, prit le titre de Roi, gouverna son
royaume avec autant de sagesse que de prudence ;
et donna, deux ans avant sa mort, un exemple
bien rare de tendresse et de confiance envers son
fils Philadelphe, en abdiquant la couronne. Cette
abdication eût lieu, suivant le Canon chronologique de Vaillant que je continuerai à citer, la troisième année de la cent vingt-troisième olympiade
(9) ; la deux cent quatre-vingt-quatrième avant
J. C. (10) ; la trente-huitième de l'ère des Lagides
et de la fondation de Rome 466 (11).

Ptolémée-Philadelphe soutint glorieusement la

(8) Suivant divers auteurs, Ptolémée Soter étoit fils naturel
de Philippe , dont Lagus avoit épousé la concubine. Cette
femme étoit grosse de Ptolémée Soter lorsqu'il l'épousa ; par
conséquent la race de Caranus, premier Roi de Macédoine, dont
Philippe étoit issu, ne s'éteignit qu'à la dernière Cléopâtre.
Par la succession féminine cette race se prolonge jusqu'à Antiochus, surnommé Philopapus, petit fils d'Antiochus iv, dernier
roi de la Commagène. Voyez Spon, Weller, Stuard, et surtout
Gli atti e monum. de frat. Arvali, du savant Abbé Gaëtano
Marini, tom. 11 , page 725 à 770.

(9) Hist. reg. Egypt. canon. chron.

(10) Le Père Frœlich place cette abdication en la 183 an. av.
J. C. Ann. reg. Syr. p. 12 ; et l'Abbé Eckhel en la 182. Doct.
num. vet., tom. iv, p. 5.

(11) Suivant les fastes de Panvinius, du côté gauche où se
trouve l'époque Varonienne,

majesté du trône ; il s'appliqua à faire fleurir le commerce, à protéger les sciences et les beaux arts : son goût et sa magnificence honorèrent beaucoup un règne qui dura quarante ans. Ce Prince mourut la troisième année de la cent trente-troisième olympiade ; deux cent quarante ans avant J. C. (12); l'an 78 des Lagides, et de Rome 507 (13).

Ptolémée-Evergète son fils, pour venger la mort de sa sœur Bérénice, à qui Séleucus II, avoit ôté la vie (14), entra avec une puissante armée dans la Syrie, et la soumit toute entière. Nouvel émule d'Alexandre, il poussa très-loin ses conquêtes dans l'Orient (15). Il rentra plusieurs fois en triomphateur à Alexandrie, couvert de gloire, chargé des dépouilles des nations qu'il avoit soumises; et après avoir ouvert par ses victoires de nouvelles routes au commerce de l'Egypte, il laissa à son fils Ptolémée-Philopator, après vingt-sept ans de règne, des états immenses et florissans. Il mourut la première année de la cent quarantième olympiade, deux cent dix-huit ans avant l'ère vulgaire ; la cent quatrième année de celle des Lagides, qui coïncide, suivant Panvinius déjà

(12) Suivant le Père Frœlich, *Loc. cit.*, page 27, la mort de ce Roi auroit eu lieu l'année première de la même olympiade, 247 ans avant notre ère. L'Abbé Eckhel a suivi le même calcul.

(13) Par ce calcul, Vaillant fait régner Ptolémée Philadelphe quarante-un ans, tandis que d'autres ne le font régner que trente-neuf.

(14) Ann. reg. syr. Frœlich, p. 28.

(15) Inscript. d'Adulis Chishul, ant. Asiæ, p. 85.

cité, avec la cinq cent trente-troisième de la fondation de Rome (16).

Entre les douze Rois qui succédèrent à Soter,
Philadelphe et Evergète seulement soutinrent la
noblesse de leur origine. La malheureuse facilité
d'accumuler dans une seule ville les trésors de
presque tout l'Orient, y produisit bientôt ce luxe
voluptueux qui dénature les meilleures institutions, et qui empoisonne les sources de la morale.
L'éducation des Princes loin de les habituer à leurs
devoirs, leur apprit à les mépriser (17) ; tous les
vices ensemble attaquèrent le trône comme autant
d'ennemis qui devoient en consommer la ruine.

Après le règne d'Evergète, la cour d'Alexandrie devint un théâtre scandaleux de débauches,
un foyer de violences et de cruautés. Des Princes
presque toujours abandonnés dès leur enfance à
des tuteurs corrompus, à de lâches courtisans, à
des Reines ambitieuses ou sanguinaires, ne furent
plus que d'indignes rejetons d'une race illustre,
sans en excepter Ptolémée-Epiphane, auquel un
enthousiasme momentané fit décerner les honneurs de la déification.

Ptolémée-Philopator, né pour être la honte
de ses pères, avoit dissimulé ses perfides intentions en montant sur le trône (18). Il prépara,

(16) Suivant le père Frœlich, Ann. reg. syr., p. 34, ce Roi
mourut la troisième année de la même olympiade, 221 ans avant
J. C. L'Abbé Eckhel a suivi la même supputation.

(17) Un auteur célèbre a dit que l'ouvrage le plus difficile
des Rois est de résister à leur éducation.

(18) Polyb. Excerpt. vales, pag. 63.

par ses vices, la décadence de l'héritage brillant qu'ils lui avoient transmis. Forcé d'opposer une barrière à l'ambition du célèbre Antiochus, il avoit vu fuir ce jeune Prince devant ses soldats depuis long-temps aguérris ; mais après la bataille de Raphia, la victoire lui offre en vain de nouveaux trophées ; trop lâche, trop efféminé, pour aimer la gloire et le bonheur de ses peuples, il préfère les attraits de sa capitale pour y régner sur les cendres de ses plus proches parens, de ses amis et de ses plus fidèles sujets. Justement accusé d'un affreux parricide, il ajoute à ce forfait les meurtres de sa mère Bérénice, de son frère Magas, d'Arsinoé sa sœur et sa femme, témoins importuns de ses infames déréglemens ; sa cruauté n'épargne pas Cléomène, hôte illustre dont la noblesse, le courage et les malheurs avoient tellement touché Ptolémée-Evergète, qu'il lui avoit promis solemnellement de le remettre sur le trône de Sparte. Enchaîné par des amours insensés, il partage son trône avec Agathoclée sa maîtresse, et avec Agathocle son jeune et indigne favori. Les trésors sont dissipés, les charges les plus éminentes deviennent la proie de ce favori et de ses protégés ; et les grands du royaume, indignés ou proscrits, font soulever des provinces entières.

Philopator (19), affoibli par ses déréglemens habituels et accablé de mépris, perd enfin la vie après dix-sept ans de règne, la deux cent-unième année avant notre ère ; la deuxième de la cent

(19) L'Abbé Eckhel observe qu'il fut aussi surnommé Tryphon et Gallus. Doct. num. vet. Tom. IV, pag. 14.

quarante - quatrième olympiade, qui coïncide avec la cinq cent cinquantième de Rome (20), et la cent vingt-unième des Lagides. Il laissa Ptolémée v, son fils âgé de cinq ans, et ses états livrés à une fermentation qu'il avoit honteusement provoquée. Les auteurs anciens nous ont transmis peu de détails sur l'histoire des premières années de ce dernier Prince ; mais l'inscription de Rosette et les fragmens de Polybe, si nous les examinons avec attention, et si nous les rapprochons les uns des autres, pourront nous donner de nouvelles lumières. Je vais, avec ce secours, essayer de rétablir les faits.

Régence de Sosibe le père et d'Agathocle.

Ptolémée-Philopator mourut sans qu'on sût peut-être, dans son propre palais, qu'il fût sérieusement malade. Sosibe le père, que Polybe qualifie de πολύχρονος, *homme à longue vie*, ministre cruel qui avoit suivi aveuglément les volontés les plus injustes d'un Prince corrompu et de ses indignes favoris (21), Sosibe, dis-je, et la famille d'Agathocle cachèrent quelque temps la mort de ce Prince ; ils s'emparèrent du trésor de la couronne, et s'entourèrent des nombreuses créatures, que la faveur dont ils avoient joui, avoient placé aux premiers emplois civils et mili-

(20) Suivant la chronologie du Père Frœlich, 204 ans avant J. C., Cette opinion est conforme à celle d'Ussérius et à celle d'Eckhel Il y a par-conséquent trois ans de différence entre ce calcul et celui de Vaillant qui est réellement fautif.

(21) Rollin, t. xiij, pag. 44.

taires ; ils publièrent enfin que le Roi n'étoit plus, et qu'il leur avoit confié en mourant la tutelle du jeune Roi ainsi que la régence.

On conçoit qu'il eût été aussi difficile que dangereux, dans l'état de délabrement où se trouvoit le royaume, d'opposer de la résistance aux mesures que ces *faux tuteurs* (22) avoient sçu prendre. On reconnoît, par un des fragmens de Polibe (23), que les esprits, quoiqu'aigris et aliénés, avoient été forcés de préférer les chances de cette honteuse tutelle, aux risques d'une lutte inégale. Le parti le plus sûr avoit été d'attendre quelque circonstance favorable que le mécontentement général pouvoit faire naître.

Après avoir qualifié Sosibe de FAUX TUTEUR, Polybe ne fait plus mention de lui en parlant des griefs des Alexandrins contre Agathocle. Il est aisé de conclure de ce silence, qu'à la mort du vieux Ministre, le jeune favori resta seul chargé de la tutelle et de la régence ; on peut aussi présumer que Sosibe, qui figuroit depuis quatre règnes consécutifs (24) à la cour d'Alexandrie, parvint à arrêter, pendant quelque temps, les déréglemens d'Agathocle.

Affermi dans son autorité, celui-ci crut d'a-

(22) C'est par cette dénomination de *faux Tuteur.* (ψευδεπί-Ϟρoπoς) que Polybe désigne Sosibe le père et Agathocle. Excerpt. Vales. pag. 65. Don Thuillier traduit le mot par Faux-Tuteurs et par Faux-Ministres. Polyb. de Folard t. vj, pag. 448 et suivantes.

(23) Excerpt. Vales., pag. 65.

(24) *Id. Ibid.*

bord pouvoir se livrer impunément aux vexations et aux débauches auxquelles il avoit présidé sous le règne précédent. Son audace lassa bientôt la patience des Alexandrins ; des murmures se firent entendre de toutes parts ; frappé du danger qui le menaçoit, il n'écarta l'orage qu'en substituant l'hypocrisie au scandale, et en faisant payer exactement la solde des troupes.

Agathocle étoit trop foible et trop corrompu pour soutenir long-temps un rôle aussi opposé à ses inclinations. Une fois le calme rétabli, il éloigna, sous toutes sortes de prétextes, les personnages les plus marquans, ne distribua les emplois qu'à ses créatures, et rassuré par ces nouvelles mesures, il se livra à de nouveaux désordres. Rien ne fut plus sacré pour lui ; dans son délire orgueilleux, il attenta même au repos et à l'honneur des familles, il viola l'asîle de la chasteté et de l'innocence.

Enfin l'agitation et les murmures se renouvelèrent à Alexandrie plus que jamais ; mais faute d'un bras assez fort pour renverser ce faux tuteur, la nation supportoit encore une tyrannie révoltante qui menaçoit l'Etat d'une ruine prochaine. Cependant les yeux étoient fixés sur Tlépolème, qui avoit séduit le peuple par sa bravoure et par son éloquence (25). Ce guerrier avoit vécu avec Agathocle dans une grande intimité (26) ; mais dévorés l'un et l'autre par l'ambition

(25) *Id.* pag. 65 et 66.
(26) Vaill. Hist. reg æg. pag. 72.

de dominer, leur amitié n'avoit pas été de longue durée.

La faveur dont Tlépolème jouissoit auprès du peuple et auprès des gens de guerre, ayant donné de l'ombrage à Agathocle, celui-ci, plus inepte encore que méchant, crut qu'en dénonçant son rival comme un traître qui n'aspiroit à rien moins qu'à s'emparer du trône, il parviendroit à le faire périr; mais il a beau convoquer la garde macédonienne et les plus notables de la ville; il a beau verser des larmes sur le sort futur du jeune Prince, qu'il soulève entre ses bras, et faire paroître des témoins qui déposent contre l'accusé alors absent, il ne reçoit des Alexandrins que des témoignages de mépris et de haine. Il veut fuir, mais rien ne seconde son dessein tardif; il tente de rassembler son parti, de massacrer ses ennemis et de s'emparer de la tyrannie, mais cette fureur n'aboutit qu'à lui faire maltraiter Danaé, belle-mère de Tlépolème et à aigrir de plus en plus les esprits. La confusion devient extrême; le soldat refuse d'obéir; tout annonce enfin au superbe Agathocle que le terme de ses forfaits est arrivé; il se croiroit trop heureux de conserver la vie; on ne l'écoute pas; on enlève le Roi de son palais; on le montre au peuple au milieu des applaudissemens et des cris d'allégresse; Sosibe, fils de l'ancien Ministre, reçoit de ce Prince enfant l'arrêt de mort de l'indigne tuteur, et Agathocle est traîné dans la place publique où le peuple l'égorge avec toute sa malheureuse famille.

Deuxième régence : Sosibe le jeune et Tlépolème.

Après la mort d'Agathocle, Sosibe, qui avoit contribué à son arrestation, et Tlépolème, qui avoit obtenu les suffrages de la multitude, furent chargés de la tutelle et mis à la tête du gouvernement. On ne peut révoquer en doute cette seconde régence ; elle est prouvée par le témoignage de Polybe (27) ; mais ce même historien nous dit en même-temps qu'elle resta bientôt sans partage à Tlépolème, quoiqu'il en eût déjà excessivement abusé (28). Il paroît que la popularité de ce nouveau tuteur, et son ascendant sur les gens de guerre, l'emportèrent sur les griefs publics qu'on avoit contre lui, et sur l'estime dont Sosibe jouissoit auprès des principaux du royaume: celui-ci fut obligé de remettre l'anneau royal à Tlépolème, qui dès ce moment gouverna le royaume à son gré. Καὶ ταύτην παρειληφὼς ὁ Τληπόλεμος, λοιπὸν ἤδη πάντα τὰ πράγματα κατὰ τὴν αὑτῦ προαίρεσιν ἔπρατ τεν (29).

Troisième régence : Aristomène.

On n'a pas déterminé jusqu'à présent la durée des deux premières régences; les historiens ne nous disent ni à quelle époque arriva la disgrace de Tlépolème, ni de quelle manière Aristomène fut élevé à la dignité de tuteur et de régent. Je

(27) Exc. Valesii, pag. 83.
(28 *Id. Ibid.*
(29) *Id. Ibid.*

proposerai bientôt quelques éclaircissemens à ce
égard ; je continue ma narration en me réservan
de prouver les faits que j'avance.

Lorsque les dissipations et l'incapacité de Tlépolème eurent fait ouvrir les yeux aux Alexandrins, et qu'au dégoût qu'inspiroit sa conduite
se joignit l'inquiétude causée par l'ambition e
par les victoires d'Antiochus, on fit enfin le choix
qui convenoit le mieux dans la crise où se trouvoit le royaume. Un étranger, Acarnanien, généralement estimé, Aristomène (3o), fut chois
pour administrer la tutelle et la régence. On n
peut nier qu'il n'eût été l'un des flatteurs d'Aga
tocle ; mais comme il se fit remarquer long-temp
par sa prudence et par ses vertus ; qu'il fut le
plus ferme appui du trône, et enfin la victime d
son dévouement pour un Prince auquel il avoi
tenu lieu de père, on est forcé de l'admirer ; tandis qu'on ne peut éprouver, à l'égard du Roi son
meurtrier, que le sentiment qu'inspirent l'ingratitude et le parricide (3i).

Quoique l'administration d'Aristomène méritât
de la confiance, l'Egypte étoit toujours menacée
au - dehors par le Roi de Syrie, et agitée dans
l'intérieur par les mécontens ; les troupes ne con-
noissoient plus de discipline ; on manquoit de
chefs pour remettre l'armée sur l'ancien pied. Il
fallut recourir à des guerriers étrangers. Scopas,
Ætolien, irrité de ce que ces compatriotes lui

(3o) Polyb. l. xv.
(3i) Diod. Exc. Vales., pag. 294 et suiv.

avoient refusé de le confirmer dans sa préture
(32), et dévoré de la soif des richesses, avoit jeté
les yeux sur l'Egypte comme sur le théâtre le plus
convenable à son ambition. Accueilli par la Régence, il en reçut une somme considérable pour
aller lever des troupes dans l'Ætolie. Il y rassem-
bla bientôt six mille soldats, élite de la jeunesse
ætolienne ; et sans les représentations de Damo-
crite, il ne seroit resté personne pour la défense
du pays (33).

Scopas, revenu en Egypte, se met à la tête de
l'armée, et part pour recouvrer la Célésyrie et la
Palestine. Il y trouve les généraux d'Antiochus
qu'il défait ; il s'empare de plusieurs villes, et rentre à Alexandrie chargé d'un riche butin (34).
L'année suivante, obligé de se remettre en campagne, il est complettement battu par Antiochus lui-
même, qui reprend les villes que ces généraux
avoient perdues, et notamment Sidon où Scopas
s'étoit renfermé avec dix mille hommes. La ville
est prise malgré les secours qu'Aristomène avoit
envoyés sous le commandement d'Æropus, de
Menoclés et de Damoxène, et Scopas en sort ne
conservant que la vie (35).

Le Roi de Syrie desiroit pousser ses conquêtes
dans l'Asie; mais il craignoit les Romains. Dans ces

(32) Liv. lib. lxxxj, n.º 43 — Polyb. Excerpt. Vales. , pag. 65.

(33) Liv. loc. cit.

(34) Flav. Joseph. lib. xij. — Hieronym. in cap. xi. Daniel.

(35) Id. Ibid.

conjonctures il lui parut indispensable de traiter de
la paix avec Ptolémée. Les conditions furent qu'il
donneroit sa fille Cléopâtre à ce jeune Prince , et
qu'à titre de dot il lui restitueroit la Célésyrie et
la Palestine, à l'époque du mariage.

Les pertes causées par la défaite de Scopas , et
la nécessité de se prêter aux desirs d'Antiochus
pour conclure la paix , sont des preuves de l'im-
puissance où étoit alors la cour d'Alexandrie
de rétablir le bon ordre dans l'intérieur. Polybe
observe que pour parvenir plutôt à ce but , tous
les vœux se réunirent pour demander que le jeune
Roi montât sur le trône avant d'avoir atteint
l'âge fixé par la loi , afin que son autorité immédiate eût plus d'iufluence sur la prospérité du
royaume ; et il ajoute que Polycrate, qui fut
ensuite adjoint à Aristomène , ou qui l'étoit peut-
être déjà , convaincu de la nécessité d'employer
ce moyen , contribua beaucoup à le faire adopter (36).

Au moment où ce projet alloit s'exécuter , ou
du moins vers cette époque , une conspiration
que les désordres intérieurs rendoient plus facile ,
mit de nouveau l'Etat dans le danger le plus im-
minent. Scopas, malgré ses mauvais succès , n'a-
voit rien perdu de sa considération à la cour
d'Alexandrie. La paix , que l'on venoit de faire
avec le Roi de Syrie, laissoit oisifs les soldats grecs
qui étoient à la solde de l'Etat. Le général ætolien, qui avoit le commandement de ces troupes,

(36) Polyb. l. xvij, pag. 5o7. Vind. 1763.

conçut le projet de s'en servir pour s'emparer du gouvernement; il avoit heureusement, suivant le témoignage de Polybe, moins de talent que d'ambition. Ses plans, mal concertés, furent découverts. Traîné devant le conseil du Roi, alors âgé de treize ans; accablé de l'indignation de ce Prince, et même de celle des étrangers, il fut jeté dans une prison où Aristomène le fit empoisonner (37).

Ce fut immédiatement après la mort de Scopas, dit encore Polybe (38), qu'on se prépara à célébrer les fêtes d'usage désignées sous le nom d'ανακλητηρια, et que le père Froelich reconnoît bien justement pour être celles de l'installation Των πρωτοκλισιων *primi inscensi throni* (39).

Ainsi finit la minorité de Ptolémée v : Aristomène et Polycrate demeurèrent auprès de lui, en qualité de ministres. Polycrate s'étoit distingué à la bataille de Raphia, il avoit ensuite été nommé gouverneur de Chypre; pendant tout le temps de la minorité, il étoit resté fidèle à son jeune souverain; il lui avoit apporté depuis peu de temps des sommes considérables amassées pendant son administration, et qu'il n'avoit pas osé envoyer en Egypte jusqu'alors : aussi ce gouverneur étoit-il accueilli comme le méritoient ses services, sa sagesse et son intégrité (40), et il ne faut pas être surpris qu'un pareil personnage parût digne

(37) *Id. Ibid.*
(38) *Id. Ibid.*
(39) Ann. Reg. Syr., pag. 44.
(40) Polyb. l. xvij. pag. 508.

de partager avec Aristomène les fonctions délicates de ministre.

Je passe maintenant aux divers motifs qui concourent à appuyer la réalité des trois régences, et leur succession immédiate ; je terminerai mes observations par examiner si la tutelle de M. Æmilius Lepidus peut-être rapportée au règne de Ptolémée v, plutôt qu'à Ptolémée Philometor son fils.

Preuves de la régence et de la tutelle de Sosibe le pere, et d'Agathocle.

Cinq personnages marquants figurent pendant la minorité de Ptolémée v, Sosibe le père, Agathocle, Sosibe le fils, Tlépolème, et Aristomène. Il est reconnu qu'on a souvent mal entendu et mal établi les faits qui les concernent. Il s'agit de prouver de quelle manière ils se succédèrent dans l'administration.

Quoique Vaillant avance que Sosibe le père eût cessé de vivre la quinzième année du règne de Philopator, je n'ai pu admettre une assertion dénuée de preuves, et qui est démentie par Polybe de la manière la plus précise (41). Quoique Justin avance que la mort d'Agatocle suivit immédiatement celle de Ptolémée Philopator (42), je n'ai pu méconnoître l'association de Sosibe avec ce favori pour le gouvernement des États du jeune héritier du trône d'Egypte, et leur qualité de tuteurs de ce Prince.

Polybe auteur contemporain, reconnoît d'une

(41) Excerpt. Vales., pag. 65.
(42) Justin. Lugd. Bat. 1760. pag. 562.

manière bien évidente que ces deux courtisans exercèrent l'un et l'autre la tutelle, puisqu'il les désigne tous les deux par la dénomination de Faux Tuteurs ψευδεπιτρόποι. De quelque manière qu'ils se fusssent emparés de l'autorité, cette qualification prouve suffisamment qu'ils en jouirent.

Le même auteur nous donne des preuves plus étendues de la tutelle d'Agathocle, soit dans le détail des désordres que causa la tyrannie de ces faux-tuteurs (43), soit dans le récit des circonstances qui accompagnèrent sa mort. (44).

Justin sur la foi duquel la plupart des écrivains modernes révoquent en doute cette première régence, est le seul des auteurs anciens qui affirme qu'Agathocle perdit la vie sans avoir exercé les fonctions de tuteur. Il avance en même-temps qu'à la mort de Ptolémée Philopator les Alexandrins firent périr ce jeune favori, et que déjà instruits du dessein de Philippe Roi de Macédoine et d'Antiochus Roi de Syrie de partager l'Egypte, ils se hâtèrent de demander aux Romains, par une ambassade, qu'ils donnassent un tuteur à leur jeune Roi (45).

Pour accorder quelque croyance à ce récit, il faudroit se persuader qu'Agathocle avoit gouverné

(43) Excerpt. Vales. p. 65.

(44) Polyb. l. xv.

(45) *Morte regis, supplicio meretricum velut expiata regni infamia, legatos Alexandrini ad romanos misere orantes ut tutelam pupili susciperent, tuerenturque regnum Egypti, quod jam Philippum et Antiochum, facta inter se pactione, divisisse dicebant.*

l'Egypte en qualité de ministre sous le règne précédent. Or nous ne voyons nulle part qu'il ait été
en effet ministre de Philopator, et nous savons au
contraire qu'il étoit le plus jeune de ses favoris.
De plus, Polybe qui expose avec détail les crimes
dont il se souilla dans son administration, non-
seulement le qualifie de *faux-tuteur*, ainsi que je
viens de le dire, mais il ne parle jamais à ce sujet
de Ptolémée Philopator. Si Agathocle n'eût pas
exercé durant quelque temps les fonctions de tuteur, auroit-il pu dire aux Macédoniens, qu'il
vouloit intéresser en sa faveur : « Il y a longtemps que ceux qui connoissent à fond Tlépolème
s'apperçoivent qu'il cherche à s'élever plus haut
qu'il ne convient à un homme de sa sorte ; mais
maintenant il a fixé l'heure, le moment où il veut
s'emparer du diadême (46) » ? Peut-il tomber sous
les sens que Polybe ait voulu dire que déjà, sous le
règne de Philopator, le jeune Tlépolème, eût
manifesté une aussi ridicule ambition ? Le même
auteur auroit-il dit ensuite : « comme depuis
long-temps on ne souhaitoit qu'à se révolter (47) » ?
Enfin pourroit-on se persuader qu'Aristomène
eût osé mettre sur la tête d'Agathocle une couronne d'or, dans un repas qu'il donna à ce régent (48) ? Un courtisan aussi prudent qu'Aristomène ne pouvoit se porter à cet excès d'adulation
qu'envers un homme revêtu du pouvoir souverain

(46) Polyb. de Follard., liv. vj.
(47) *Id. Ibid.*
(48) *Id.* l. xv, pag. 420.

et assez puissant pour le faire parvenir aux premières dignités.

Comment croire d'ailleurs qu'à l'instant même
où Ptolémée Philopator venoit d'expirer, An-
thiocus et Philippe eussent déjà formé le projet
de partager les Etats de son fils, et que ce projet fût déjà connu du peuple d'Alexandrie ? Polybe, Appien, Tite-Live ne parlent d'aucune
ambassade à Rome pour un pareil motif.

N'est-on pas forcé de dire ici avec le savant
et judicieux M. de Sainte-Croix : « Justin sem-
» ble mépriser la chronologie, et confond presque
» tous les temps (49) ?

L'invraisemblance du récit de Justin n'a point
échappé à Vaillant ; cet illustre antiquaire place
la mort d'Agathocle, dans son Canon chronologique, à la seconde année du règne de Ptolémée v ; mais il me paroît lui-même tomber
dans l'erreur, lorsqu'il avance, d'une part, que
Tlépolème administra la tutelle conjointement
avec Agathocle (50), et de l'autre, que Sosibe
le père mourut la quinzième année du règne de
Philopator.

La première de ces erreurs provient de ce qu'il
a rapproché des faits totalement séparés dans
Polybe. Il auroit pu remarquer que Constantin
Porphirogenète, qui nous a conservé ces fragmens, suit, ainsi que l'historien, l'ordre chronologique ; et que le passage où il s'agit des malver-

(49) Exam. crit. pag. 117.
(50) Hist. Reg. AEg., pag. 72.

sations d'Agathocle, se trouve à la page 65, tandis que le second, où il est question de Tlépolème, est à la page 83.

Quant à Sosibe le père, l'assertion est absolument dénuée d'autorités, et démentie par Polybe de la manière la plus précise, lorsqu'il désigne le même Sosibe par la qualification de *faux tuteur*. Il est bien plus naturel de croire qu'à la mort de Ptolémée IV, Sosibe et Agathocle reconnurent la nécessité de leur réunion, et que les artifices du vieillard suppléèrent à l'inexpérience du jeune et orgueilleux favori, pour comprimer la haine des Alexandrins.

Preuves de la régence et de la tutelle de Sosibe le fils, et de Tlépolème.

Dans le récit que fait Polybe de la coupable administration d'Agathocle, on voit clairement que Tlépolème est l'objet des vœux des Alexandrins, et le seul génie tutélaire qu'ils puissent invoquer pour être délivrés de leur tyran (51) ; il n'est pas moins facile de se convaincre que leur impatience, autant que leur enthousiasme pour ce jeune guerrier, le portèrent au rang qu'il ambitionnoit.

Mais, s'il n'y a aucun doute à élever contre la régence de Tlépolème, s'il est certain qu'il avoit réuni les suffrages du peuple, il est également prouvé que Sosibe le fils eut aussi son parti parmi les Grands du royaume, pour lui

(51) Excerpt. Vales., pag. 65.

être associé. Il fit oublier par les avantages de
sa naissance, par ses richesses et par son mérite,
les vices et les crimes de son père. Ne le voit-
on pas, auprès du jeune Roi, recevoir l'ordre
de faire mourir Agathocle (52)? Ne s'aperçoit-on
pas ensuite que l'orgueil de Tlépolème se lasse
d'un partage qui le gêne, et que sa popularité et
son ascendant sur les troupes, l'affranchissent
d'une rivalité qui lui donnoit de l'inquiétude?
Sosibe enfin n'est-il pas forcé de remettre à Tlépolème le vrai signe de la tutelle, l'anneau
royal (53)? et Polybe ne reconnoît-il pas que ce
nouveau régent étoit incapable par lui-même
de conserver le rang auquel la fortune l'avoit
élevé (54)?

Il est bien constaté, malgré l'assertion de
Rollin, que Tlépolème ne fut jamais *Ministre
d'État* sous le règne de Ptolémée IV (55). On
ne peut croire que Sosibe le père, Agathocle
et sa sœur Agathoclée, qui gouvernoient entièrement le royaume, eussent souffert que ce jeune
militaire eût disposé des finances à son gré, eux
qui en avoient usurpé le maniement exclusif.
Tout est forcé dans l'interprétation qu'on a voulu
donner aux divers passages où l'on a cru voir des

(52) Polyb. l. xv.

(53) Καὶ ταύτην παρειληφὼς ὁ Τληπόλεμος λοιπὸν ἤδη πάντα
τὰ πράγματα κατὰ τὴν αὑτῦ προαίρεσιν ἔπρατίεν. Excerpt. Val.
p. 86.

(54) Ἡ κ) ταχέως ὀ μόνον ἔσφηλεν ἀλλὰ κ) τὴν βασιλείαν ἠλάτ-
τωσι. *Id.* p. 82.

(55) Rollin, Hist. anc. t. viij, pag. 45.

preuves de son ministère ; et tout rentre au contraire dans l'ordre naturel , quand on reconnoît dans Tlépolème, qui fut indubitablement employé à l'administration de l'État, un des tuteurs de Ptolémée v, et le successeur si desiré d'Agathocle.

Preuves de la régence et de la tutelle d'Aristomène.

La régence et la tutelle d'Aristomène ne sont pas contestés , mais l'embarras consiste à assigner à ce tuteur un rang chronologique dans l'histoire de la minorité. Cette difficulté présente deux questions. On peut demander d'abord quelle fut la durée des deux premières régences, et à quelle époque de la minorité commença l'administration d'Aristomène ; il faut examiner ensuite si M. Æmil. Lepidus fut envoyé par le Sénat de Rome à Alexandrie , en qualité de tuteur, avant la régence d'Aristomène , ainsi que Vaillant paroît l'avoir entendu.

Pour éclaircir la première question , il m'a paru qu'il falloit s'arrêter à la dernière expédition de Scopas dans la Célesyrie et dans la Palestine, c'est-à-dire à la bataille de Panias.

Les écrivains de nos jours qui ont parlé de cette bataille , en ont diversement envisagé l'époque. Les auteurs de l'Histoire universelle la placent à l'année 202 avant notre ère (56) ; Rollin (57) et le Père Froelich (58) , à l'année 198 ;

(56) Tome xv, pag. 90.
(57) Tome viij , pag. 259.
(58) Ann. Reg. Syr. , pag. 38.

Vaillant la rapproche de quatre ans ; il suppose qu'elle se donna en l'année 194 avant J. C., la cent vingt-huitième des Lagides, la première de la cent quarante-sixième olympiade, et la cinq cent cinquante-sixième de la fondation de Rome, temps où, suivant ses calculs, Ptolémée avoit atteint sa onzième année.

L'erreur des premiers est évidente : on peut aisément reconnoître qu'ils ont suivi la chronique d'Eusèbe. Cet écrivain place en effet la première expédition de Scopas à l'année 202 avant J. C. ; mais ils ont confondu cette première expédition avec la seconde que la bataille de Panias termina ; et ils n'ont pas remarqué qu'Eusèbe met un intervalle de cinq ans entre l'une et l'autre. De plus, Eusèbe lui-même a été induit en erreur, lorsqu'il a supposé que les deux expéditions avoient duré cinq ans. Les auteurs reconnoissent unanimement qu'elles ne remplirent que deux campagnes consécutives ; et il suit de-là qu'en admettant avec Eusèbe que la bataille de Panias se fût donnée dans l'an 197, la première expédition n'auroit commencé que l'an 198.

Rollin et le P. Froelich paroissent avoir adopté l'opinion d'Usserius (59), qui sur ce point n'est pas d'accord avec Tite-Live.

Cet historien nous apprend que vers la fin de l'année 552 de la fondation de Rome, qui coïncide avec la troisième du règne de Ptolémée v, la cent vingt-troisième des Lagides, la quatrième

(59) Ann. t. 1, pag. 274.

de la cent quarante-quatrième olympiade, et 199 ans avant J. C., Scopas fut envoyé par la Régence d'Alexandrie pour lever des troupes dans l'Ætolie. En reconnoissant cette autorité, on ne peut varier beaucoup sur l'époque de la bataille de Panias. On est fondé à croire que Scopas ne retourna en Egypte avec les six mille hommes qu'il avoit pris à sa solde, que vers le milieu de l'année suivante, 553 ; qu'il porta la guerre dans la Célesyrie et dans la Palestine en l'année 554, et que l'année 555, vers le printemps, obligé de se remettre en campagne, il fut vaincu par Antiochus. Cette année 555 de Rome correspond avec la 196.ᶜ avant notre ère.

Ce calcul qui s'accorde avec la chronologie d'Eusèbe, (60), et en même temps avec l'Histoire de Polybe, me paroît le plus propre à indiquer l'époque où finit la tutelle de Tlépolème. On ne voit en effet, dans les détails qui concernent les expéditions de Scopas, aucune circonstance qui puisse faire présumer que ce Ministre prodigue y ait eu la moindre part; on remarque, au contraire, que toutes les opérations de cette guerre appartiennent au même plan. Saint Jérôme, que j'ai déjà cité, nous dit que Scopas étoit assiégé dans la ville de Sidon, et que ce fut Aristomène qui lui envoya de nouvelles troupes d'Alexandrie : nous pouvons croire par conséquent que vers la fin de l'année 199 avant J. C., la troisième année de la minorité de Ptolémée v, on avoit déjà établi un

(60) Eus. Scal. pag. 144.

conseil de régence présidé par Aristomène, ou bien qu'on avoit revêtu cet Acarnanien du titre de régent; et il suit de là, que les deux premières administrations ne comprennent qu'un espace de trois ans.

Suivant le témoignage de Polybe, Tlépolème ne se soutint pas long-temps au rang où il s'étoit élevé (61). Agathocle, au contraire, lassa la patience des Egyptiens : il est vraisemblable que la régence de Tlépolème dura un an ou environ, et celle d'Agathocle à-peu-près deux ans : toute la minorité de Ptolémée v, qui embrasse une période de huit ans, fut donc administrée de la manière suivante :

Régence d'Agathocle, depuis l'an 201 avant J. C., et de Rome 555, jusqu'à la fin de l'an 552. . . . . 2 ans.

Régence de Tlépolème. 1

Régence d'Aristomène 5

T O T A L . . . . 8 ans.

Il me reste à examiner si on est fondé à placer dans ces huit années la tutelle de M. Æmil. Lepidus.

Tutelle de M. Æmil. Lepidus.

Il est incontestable que cet illustre Romain, deux fois consul, six fois honoré de la présidence du Sénat, et que ses grandes qualités avoient fait élever à la dignité de souverain Pontife, fut envoyé en Egypte à deux époques différentes. Dans sa première mission, en l'an 551 de Rome, la seconde année de la minorité de Ptolémée v, il fut chargé,

(61) Excerpt. Vales, pag. 82.

conjointement avec C. Claude Neron et Publ.
Sempron. Tuditianus, » d'apprendre au jeune
» Roi la défaite d'Annibal, de le remercier de ce
» que, dans un temps où les Romains avoient
» été abandonnés de leurs alliés les plus voisins,
» il leur étoit demeuré fidèle, et de lui demander
» la continuation de sa bienveillance et de son
» amitié pour le peuple romain qui ne prenoit
» les armes contre Philippe, que pour venger
» les outrages qu'il en avoit reçus (62) ». — La
seconde mission eut pour objet particulier de
gouverner l'Egypte, et de prendre sous sa tutelle
un jeune Ptolémée.

Valère Maxime, Tacite et Justin font mention
de cette tutelle, et une médaille de la famille
Æmilia (63), frappée pour en conserver la
mémoire, dissiperoit tous les doutes, s'il pouvoit en rester.

Pighius (64) est le premier qui se soit élevé
contre l'opinion généralement reçue, que cette
tutelle eût eu lieu pendant la minorité de Ptolémée v ; il se fonde principalement sur la monnoie déjà citée, où ce tuteur est qualifié de
Consul pour la seconde fois, et de souverain
Pontife (65) ; il fait remarquer que Lepide ne
jouissoit pas de ces titres lors de la minorité de

(62) Tit. liv. lib. lxxxj.

(63) Ursin. fam. rom. pag. viij. Eckhel. doct. num. vet. t. v,
pag. 123 et seq. — Vaillant hist. reg. Egypt., pag. 87.

(64) Ann. rom. t. 2, pag. 404.

(65) *ALEXANDREA caput muliebre turritum : ff : M.*

Ptolémée v, et il conclut que cette tutelle concerne Ptolémée Philometor. L'opinion de Pighius
me paroît juste, mais il l'a si mal discutée, qu'il
a donné lieu à la critique de Vaillant (66), et à
celle de l'abbé Eckhel, qui eux-mêmes ne sont
entrés à cet égard dans aucun développement
historique et n'ont rien éclairci.

L'abbé Eckhel prouve que les descendans des
illustres familles de Rome auxquelles le droit de
faire frapper des monnoies étoit dévolu, employoient quelquefois des types et des légendes ana-
chroniques, pour renfermer dans un même cadre
tous les titres honorifiques de leur famille, et il conclue de cette observation, ainsi qu'Usserius, cité
par Vaillant (67), que la famille Æmilia peut
avoir donné à M. Æmilius Lepidus, sur la médaille
dont nous venons de parler, les titres de souverain Pontife, quoiqu'il n'en jouît pas encore à
l'époque de la tutelle. Il s'appuie en outre sur
un passage de Tite-Live, pour prouver qu'un
souverain Pontife, une fois établi dans ses fonctions, ne pouvoit plus sortir de Rome. En combattant Pighius, le savant antiquaire de Vienne
ajoute qu'on ignore la véritable époque de la tutelle dont il s'agit; « Tutela, perfunctus Lepidus,
» quo tempore ignoratur » (68). Vaillant la place à

LEPIDUS. PONT. MAX. TVTOR. REG. S. C. Lepidus
togatus stans regi togato adstanti et dext. hastam tenenti dia-
dema imponit.

(66) *Loc. cit.*

(67) *Id. Ibid.*

(68) Eckhel. Doct. num. vet. t. v, p. 126.

la troisième année du règne de Ptolémée v, (69) ; et
le père Froelich à la cinquième (70) ; mais je pense
qu'en reconnoissant la justesse des observations
de l'abbé Eckhel, on peut encore rejeter sa conséquence.

Justin, ainsi que je l'ai dit, est le seul parmi
les trois auteurs cités, qui avance que cette tutelle fut demandée par les Alexandrins, immédiatement après la mort de Philopator; mais nous
avons vu que cet historien est démenti par des
faits incontestables, qui paroissent avoir forcé
Vaillant et le Père Froelich à reculer de quelques
années le second voyage de Lépidus à Alexandrie.

Valère Maxime s'exprime en ces termes : « cum
» Ptolemæus Rex tutorem populum romanum
» filio relinquisset, Senatus M. Æm. Lepidum
» Pont. Max. bis consul, ad pueri tutelam ge-
» rendam Alexandriam misit, *amplissimique et in-*
» *tegerrimi viri sanctitatem Reip. usibus et sacris*
» *comparatam*, externæ procurationi vacare vo-
» luit, ne fides civitatis nostræ frustrà petita
» existimaretur : cujus beneficiis, regia incuna-
» bula conservata, pariter ac decorata, incertum
» Ptolemæum reddiderunt, patris ne fortuna ma-
» gis, an *tutoris majestate* gloriari deberet (71) ».

Rien n'est inutile dans ce passage. On peut
bien penser que Valère Maxime, en donnant à
Lépidus les titres de Consul et de Pontife, parle
dans le même esprit que ces illustres familles de

(69) Canon. Chron.
(70) Ann. reg. syr. pag. 38.
(71) Val. max. l. iv chap....

Rome dont il a déjà été question; mais lorsqu'il fait mention des qualités personnelles de ce Sénateur, de sa *majesté,* de sa *sainteté,* il est évident que ces qualifications ne peuvent pas se rapporter à un jeune homme. Or Lépide n'avoit que vingt-deux ans ou environ, lorsqu'il fut envoyé, pour la première fois en Egypte, au commencement de la minorité de Ptolémée v. Ce fait, prouvé par les diverses circonstances de sa vie, est d'accord avec le récit de Tite-Live. Lépide, après avoir quitté la cour d'Alexandrie, fut envoyé par ses collègues dans l'Héllespont, pour déclarer, au nom du Sénat, à Philippe, qui faisoit alors le siége d'Abidos, que Rome le traiteroit comme un ennemi s'il ne renonçoit à ses entreprises contre les possessions de Ptolémée v. Tite-Live, en racontant ce qui se passa dans l'entrevue de Philippe et du jeune Ambassadeur, met ces paroles dans la bouche du Roi : *Ætas, forma, et super omnia romanum nomen te ferociorem facit.* « Ton âge, ta beauté, » et plus encore le nom de Romain t'inspirent » trop d'audace. » Ces mots de Philippe nous donnent bien le portrait d'un jeune homme (72). Il est enfin impossible de supposer que le Sénat romain, composé de tant de vieux guerriers et d'an-

(72) Le premier voyage de Lépide à Alexandrie est de l'an de Rome 550; il fut créé prince du Sénat pour la sixième fois l'an 599; de sorte qu'en supposant qu'il fût âgé de 22 ans lors de sa première ambassade, il seroit entré dans la soixante-onzième année, lors de sa dernière nomination à la présidence du Sénat ; par ce calcul il est aisé de reconnoître encore mieux combien Lépide étoit jeune lorsqu'il fut envoyé vers Ptolémée v et vers Philippe.

ciens magistrats, eût fait choix d'un jeune homme
de vingt-deux ans pour une mission aussi importante que celle du gouvernement de l'Egypte
et de la tutelle du jeune Roi.

Nous ne saurions croire avec Ussérius, et d'a-
près lui, avec les auteurs de l'Histoire universelle, que Valère-Maxime ait écrit sur l'autorité
unique de la médaille des Æmiliens. Nous devons
lui rendre la justice de croire qu'il avoit consulté
des historiens dignes de foi.

Mais si Justin s'est notoirement trompé sur l'objet du premier voyage de Lépide ; si Valère-
Maxime est précis sur l'âge et les qualités personnelles de ce Sénateur ; enfin si Polybe, si Tite-
Live, si Appien ne parlent nullement de cette
tutelle, Tacite ne doit-il pas nous aider à tran-
cher toute difficulté, lorsqu'il dit : *Iisque non*
adultis, Trebellenus Ruffus prœtura functus datur
qui regnum interim tractaret, exemplo quo ma-
jores nostri M. Lepidum Ptolemæi liberis *tutorem*
in Ægyptum miserunt. Le mot *liberis,* qui n'est
employé élégamment que pour le pluriel, ne sauroit être une erreur de copiste, et avoir été pris
pour *filiis.* Pighius, qui a soupçonné une erreur
semblable à l'égard des manuscrits de Valère-
Maxime, n'a pas remarqué qu'il n'y a erreur ni
dans le texte de ce dernier auteur, ni dans celui
de Tacite ; celui-ci s'est expliqué plus clairement,
mais l'autre ne s'est pas trompé. Valère-Maxime n'a
considéré que l'héritier du trône d'Egypte, et Tacite a voulu désigner les deux fils de Ptolémée v.

Philopator ne laissa qu'un seul fils. Le témoignage de Tacite se joint donc à celui des auteurs que je viens de citer, pour prouver que la tutelle de Lépide ne concerne point Ptolémée v, mais ses deux enfans.

L'histoire de l'administration du royaume d'Egypte se réunit à toutes ces autorités, pour démontrer ce fait jusqu'à l'évidence. Si Lépide eût en effet exercé la tutelle depuis la première année de la minorité de Ptolémée v, nous ne verrions figurer, en qualité de tuteurs, ni Sosibe le fils, ni Tlépolème, ni Aristomène. Tous les actes du gouvernement auroient été faits au nom de Lépide et des Romains, et il n'existe aucune trace de ce pouvoir étranger.

Le Sénat de Rome accepta la tutelle des enfans d'un Ptolémée, non à l'invitation des Alexandrins comme le veut Justin ; mais en vertu d'un testament, comme Valère-Maxime l'assure avec plus de vraisemblance ; or ce testament ne peut concerner Ptolémée - Philopator. Si ce Roi méprisable eût été capable de quelque prévoyance au sein de ses débauches, comment supposer que les usurpateurs de la Régence, Sosibe le père et Agathocle, qui avoient si bien pris leurs mesures pour cacher sa mort, n'eussent pas détruit toutes les traces d'une disposition qui contrarioit si ouvertement leur dessein ?

Favorisés par leurs nombreux partisans, et soutenus par les richesses dont ils disposoient, n'étoient-ils pas à portée d'empêcher jusqu'au moindre rassemblement qui pût leur donner de l'ombrage ; et si l'ambassade n'eût pas été demandée par les tuteurs eux-mêmes, n'auroit-il pas fallu faire marcher Lépide à la tête d'une armée ?

Comment supposer que l'orgueilleux Tlépolème eût consenti à cette ambassade ? pourroit-on se persuader encore qu'Aristomène se fut déterminé à faire demander un tuteur aux Romains pour Ptolémée, tandis que les Egyptiens ne lui contestoient pas la tutelle ?

Il faut aussi en convenir, Rome à cette époque, n'avoit point encore osé s'immiscer ouvertement dans les affaires intérieures de l'Asie ; elle y tendoit par une marche presque insensible, et par les mêmes mesures qui lui avoient ouvert le chemin de la Grèce et de la Macédoine. Elle soutenoit alors une guerre cruelle contre Philippe, et elle redoutoit encore la puissance et la réputation d'Antiochus. Si ce Prince eût voulu envahir l'Egypte, la présence d'un tuteur romain ne l'en auroit pas empêché.

Après la bataille de Magnésie, qui fit donner au jeune Scipion le nom d'*Asiatique*, les armées romaines, en menaçant de plus près les Rois de Syrie, donnèrent à ceux de l'Egypte une plus grande confiance dans la protection du Sénat de Rome. Cette protection devenoit de jour en jour d'autant plus nécessaire, que la puissance des Lagides étoit déjà ébranlée et tendoit vers sa chûte. En comparant cette nouvelle position de l'Egypte avec celle des règnes précédens , qui ne conviendra que la prévoyance qu'on voudroit attribuer à Ptolémée - Philopator, dût naître bien plutôt dans l'esprit de son fils Epiphane à cause des circonstances où ce prince se trouva ?

A peine monté sur le trône , ce jeune Roi reçoit de la part des romains , une ambassade flatteuse; ils s'empressent de garantir ses états contre les forces de Philippe et d'Antiochus , et pendant tout le temps de son règne, il ne cesse de leur donner des marques du plus grand dévouement , au mépris même de certaines bienséances : il n'est donc pas surprenant qu'aux approches d'une mort prématurée , et par une suite de ce dévouement et de son peu de confiance dans ses plus proches parens, il fit un testament par lequel il laissoit au Sénat de Rome la tutelle de ses deux enfans.

L'époque de la mort de Ptolémée v, s'accorde avec cette opinion. Vaillant la fixe à la deuxième année de la cent cinquantième olympiade , cent soixante-dix-sept ans avant J. C.; la cent quarante-cinquième année des Lagides et de Rome la cinq cent cinquante-quatrième (73). Le Père Froelich la place à la troisième année de la cent quarante-neuvième olympiade, cent quatre - vingt - un ans avant J. C. ; la cent trente-deuxième année des Séleucides, et de Rome la cinq cent soixante-onzième (74) ; et l'abbé Eckhel à la première année de la

(73) Canon. Chron.

(74) Ann. reg. syr. p. 42.

cent cinquantième olympiade , cent soixante-dix-huit ans avant J. C. , et la cinq cent soixante-treizième année de Rome.

Il seroit peut-être aisé de reconnoître d'où provient cette différence d'opinion ; mais il suffit de remarquer que le Père Froelich soutient sa chronologie , relativement à cette époque , par une observation astronomique : « Mortis ejus » (regi Ptolemæi-Epiphani) annus certus est, ex » eclypsi lunæ, kalendis maji observata anno VII » Philometoris) » , et il cite Ptolémée-Almageste et le Canon chronologique d'Eusèbe.

M. Æm. Lépide fut nommé Grand-pontife l'an de Rome 574 , et Ptolémée V, mourut l'an 571. Or il n'y a aucune difficulté à supposer que l'illustre Romain , appelé à Alexandrie par le testament d'Epiphane , eût déjà commencé à exercer les fonctions de tuteur, lorsqu'après la mort de Caïus-Servilius Geminus , il fut élu Souverain-pontife à la place de ce dernier , et que cette nouvelle dignité ne l'empêcha pas de terminer les affaires de l'Egypte. Y auroit-il de la difficulté à supposer encore que le Sénat l'eût laissé le maître de différer son retour ? si cette supposition est admissible, si elle est même probable , elle nous conduit à une époque remarquable qui est celle de la mort de Cléopâtre , mère du pupile Ptolémée-Philométor. Dès-lors la nomination d'Eulaïus et de Lenæus (75) pour la continuation de la tutelle , paroît

(75) Frœlich Ann. pag. 46.

devoir être l'ouvrage de Lépide, que son élection
au souverain pontificat rappeloit à Rome.

Que s'il pouvoit paroître difficile d'admettre la
chronologie du Père Froelich, malgré l'autorité
dont il s'est apppuyé, et qu'on préférât celle qui
est adoptée par l'abbé Eckhel, il y auroit toujours
un an de différence entre le pontificat de Lépide
et son voyage à Alexandrie, ce qui ne produiroit
qu'un léger changement à la durée de la tutelle
de ce Sénateur; surtout si, comme on peut aisément l'imaginer, sa nouvelle dignité ne l'obli-
geoit pas rigoureusement à un prompt retour à
Rome. Quoi qu'il en soit, il paroît, à l'appui de
tant de circonstances réunies, que le souverain
pontificat de Lépide dût être précédé par la com-
mission que lui donna le Sénat de Rome, d'aller
régler les affaires de l'Egypte après la mort d'Épiphane. Nous avons vu, enfin, que Valère-Maxime
en parlant de cette tutelle, peint Lépide comme
un homme *très-grave* et *très-saint*. On ne sauroit
croire, par conséquent, que ce vénérable Romain
ait rempli une charge aussi importante avant d'a-
voir atteint un âge où ces qualifications pussent
lui convenir. J'ai lieu d'espérer, mon cher ami,
qu'il ne vous restera pas de doute à cet égard. Je
souhaite que vous trouviez aussi quelque justesse
dans les preuves que je vous ai données de la réalité
des trois régences qui se succédèrent à la cour
d'Alexandrie après la mort de Ptolémée-Philopator. Avant de vous communiquer mon opinion sur

la véritable époque de l'inauguration de Ptolémée v, il étoit nécessaire que je misse dans le plus grand jour tout ce qui concerne les troubles de sa minorité. Par ce moyen il me sera plus facile, dans ma prochaine lettre, d'expliquer la différence qui existe entre les fêtes de l'installation célébrées à Alexandrie, et celles du couronnement religieux qui, suivant les anciens usages de l'Egypte, devoient se faire à Memphis.

Je suis, etc.

TROISIÈME LETTRE

Sur l'inscription de Rosette. Recherches sur l'époque de ce Monument.

Extrait du Magasin Encyclopédique,
Mai 1808, page 76.

Ma précédente Lettre, mon très-cher Confrère, en préparant votre opinion sur l'époque de l'inauguration de Ptolémée Épiphane, a dû vous disposer à ne pas adhérer facilement à l'idée, qu'un prince âgé seulement de treize à quatorze ans, entouré d'ennemis dans ses propres états, et que le vœu général, à cause de ces fâcheuses circonstances, avoit porté sur le trône avant sa majorité, que ce prince, dis-je, encore enfant, eût pu concevoir et mettre à exécution les

I

grandes choses, que les prêtres assemblés
à Memphis lui attribuent en le déifiant.

Les observations que je vais vous communiquer ont pour objet la distinction qu'on
doit faire entre l'installation, ou le couronnement civil des rois d'Ægypte, qui avoit
lieu à Alexandrie, et l'inauguration ou le
couronnement religieux, qui se célébroit à
Memphis. J'examinerai aussi les causes du
retard que dut éprouver cette seconde solennité, par rapport à Ptolémée Épiphane, dans
un temps où l'Ægypte fut désolée par tant
de troubles et d'insurrections. Je prouverai
que l'époque du monument ἔτꙋς ἐννάτꙋ,
l'année neuvième (1), appartient à une ère
nouvelle qui ne commence point à la première année du règne de Ptolémée Épiphane.
Vous verrez que cette nouvelle ère est indé-
pendante de trois autres époques particulières, mentionnées également dans l'inscription, qui étoient éponimiques, c'est-à-dire qui
portoient le nom du roi, et qui étoient mar-
quées par des jours où l'on célébroit des
fêtes en son honneur. Je finirai par vous
faire remarquer l'accord qui existe entre
la date du monument et le portrait de Ptolémée qui se trouve sur une médaille d'argent dont je joins une gravure à la tête de cette

(1) A la cinquième ligne de l'inscription.

Lettre. Ce portrait (2) doit servir à déterminer invariablement l'âge qu'avoit le prince,
lorsqu'il fit le voyage de Memphis, pour y
remplir les devoirs sacrés que la religion antique lui imposoit.

*Différences entre le couronnement civil et le
couronnement religieux des rois de la
dynastie des Lagides.*

Suivant les formes usitées lorsqu'un prince
obtient par une succession légitime la couronne de son père, une régence supplée à
l'incapacité de l'enfance ; mais le trône ne
demeure point vacant : dès que la régence
cesse, les cérémonies, les fêtes de l'installation
et celles de la proclamation, qui en sont in-
séparables, ne peuvent manquer d'avoir
lieu promptement. L'inauguration, au contraire, qui est le complément religieux du
couronnement, peut être différée sans inconvénient pour la chose publique. Cet
ordre si naturel n'a pu varier chez les peuples
civilisés.

Dès que les hommes eurent apprécié les
bienfaits du gouvernement monarchique,

(2) Le dessin de cette médaille est pris sur un
exemplaire que possède M. D'hermand, chef de
division du ministère des relations extérieures, dont
je me glorifie d'avoir obtenu l'estime et l'amitié, et
qui ne cesse de me communiquer ce que son cabinet contient de plus précieux.

et qu'ils eurent admis une suprématie royale, la religion fut appelée pour être le soutien de la dignité et de la puissance des rois. On institua des fêtes solennelles, des cérémonies mystérieuses, tendant à les purifier et à les faire regarder comme des images vivantes de la Divinité : cette inauguration donnoit aux peuples l'espoir de jouir d'un bon gouvernement, et elle en devenoit le présage.

Tous les lieux n'étoient pas propres aux rits que la piété et la foi avoient consacrés à cette solennité : l'eau y étoit principalement employée comme le moyen ou le symbole d'une purification mystique. Chez les Hébreux, c'étoit la fontaine de Siloë que la dévotion avoit choisie pour le sacre des rois (3). Chez les Ægyptiens c'étoit à Memphis, sur les bords d'un fleuve adoré (4), que les rois recevoient l'onction sacrée, conformément à l'ancien usage du royaume (5). C'est à Memphis qu'Alexandre, suivant le témoignage d'Arrien, sacrifie à Apis et aux autres grands Dieux (6). C'est dans cette même ville que suivant le rapport de Quinte-Curce, il ordonne que l'Ægypte conservera,

(3) Lib. III , Reg., cap. I, vers. 38.

(4) Jablonski , Panth. ægypt., l. IV , cap. I , p. 140 et seq.

(5) S. Hieronim., in cap. II. Daniel, tom 3, col. 1128, éd. Martianay.

(6) De Exped. Alex. l. III.

dans toute leur intégrité, ses usages et sa constitution religieuse (7). Il ne faut donc pas être surpris, que le sage Ptolémée Soter eût adopté à cet égard les principes de son frère (8), et que ses successeurs les eussent ensuite respectés. La réunion du culte macédonien à celui de l'Ægypte resserroit des liens nécessaires entre le peuple conquérant et le peuple conquis; elle contribuoit à attirer auprès des Ptolémées les gens de guerre, les savans, les artistes grecs, sans blesser l'attachement superstitieux des Ægyptiens pour leurs opinions religieuses.

On voit, dans tout le contenu de l'inscription, que Ptolémée Épiphane se sert avec un grand succès de la politique de ses ancêtres, en rétablissant la magnificence du culte, et en comblant de bienfaits la hiérarchie sacerdotale, dont la reconnoissance s'exprime d'une manière très-éclatante. L'existence même du décret que prononcent les prêtres assemblés à Memphis à cette occasion, démontre l'obligation où étoient les Ptolémées de se rendre dans cette ville sacrée, pour les cérémonies de leur inauguration. Il existe en outre des témoignages positifs servant à prouver que cette cérémonie reli-

(7) Quint. Curt., lib. IV, cap. 8.

(8) Voy. la note 8 de ma seconde Lettre, au numéro de septembre 1807.

gieuse, différente de celle de l'installation,
étoit en usage chez les Ægyptiens dès les
temps les plus reculés.

Il est surprenant que le père de l'histoire,
qu'Hérodote, qui nous a laissé sur l'Ægypte
des détails quelquefois puérils, ne nous ait
rien dit des cérémonies remarquables de l'i-
nauguration des anciens rois de ce royaume
célèbre. Cette omission est réparée par le
Scholiaste latin des *Aratea phœnomena* de
Germanicus. Il n'est pas inutile de citer en
entier le passage de cet auteur. « Apollon,
« dit-il, le foudroya (Typhon) au milieu
« du temple de Memphis dans lequel, sui-
« vant l'ancien usage, on intronisoit *les rois*
« *qui régnoient.* C'est, dit-on, dans ce
« temple que ces rois, revêtus d'une simple
« tunique, étoient d'abord initiés aux mys-
« tères. Ils y prenoient en main le joug con-
« sacré au taureau qu'on nomme Apis, et
« alloient, en le portant, parcourir un des
« quartiers de la ville, pour connoître par
« expérience les peines attachées à la con-
« dition humaine, et pour apprendre à ne
« pas abuser de leur pouvoir sur ceux que la
« pauvreté destine aux travaux de la terre: ils
« étoient ensuite conduits par un prêtre d'Isis
« dans un endroit qu'on nomme ἄδυτος (9),

(9) Voy. sur ce mot les éclaircissemens du savant
M. Ameilhon, sur le monument de Rosette, p. 41.

« sanctuaire où ils s'obligeoient par un ser-
« ment à n'intercaler ni jours ni mois dans
« le calcul des années (10). »

S. Jérôme déja cité, et Diodore de Sicile (11) font mention de cet usage ancien
que suivoient les Lagides, d'aller se faire inaugurer à Memphis. Il me paroît également certain
que les princes ægyptiens, avant de remplir ce
devoir religieux, étoient installés à Alexandrie, où l'on célébroit à ce sujet les fêtes que
divers auteurs nomment ἀνακλητήρια anaclétéries.

(10) Typhon fulmine interficitur ab Apolline, in
templo Ægypti, *ubi mos fuit solio regio decorari reges
qui regnabant.* Ibi enim initiabantur primùm (ut di-
citur) reges satis modeste tunicati, et tauro quem
Apim appellant, jugum portare fas fuit, et per vi-
cum unum duci, ut periti existimabant labore hu-
mano necessitatis, ne crudelius his qui sub eis sunt
abutantur. Deducitur autem a sacerdote Isidis in lo-
cum qui nominatur ἄδυτος, et sacramento adigitur,
neque diem neque mensem intercalandum, t. 2, p. 71,
Leipsick, 1801.—Le judicieux et docte Zeuga, dans
son Addenda in Num. ægypt., p. 395, dit, au sujet
de cette intercalation : « Ita interpretandum esse, ut
« sacercodes sibi reservaverint jus intercalationis. »
Et Geminus cité par Fréret, Mém. de l'Acad. des
B. L. t. 16, p. 330, assure que les Ægyptiens se faisoient un point de religion de n'ajouter jamais aucune
intercalation à leur année.

(11) Diod. Sic., tom. 2, p. 595, ed. Wesseling.

Vaillant (12), Villoison (13) et M. Ameilhon (14) confondent les fêtes de l'installation
avec celles de l'inauguration. Dans le *Lexicon.*
Polybianum d'Ernest, le mot ἀνακλητήρια est
aussi improprement expliqué dans le même
sens par *solemnis inauguratio regis.* (tome 3,
page 9.) Le père Frœlich, dans ses Annales
des rois de Syrie, (page 44), et Henry de
Valois, dans ses Notes sur un fragment de
Diodore (page 55), paroissent au contraire
distinguer ces différentes fêtes. Le premier
fait du mot ἀνακλητήρια l'équivalent de τὰ
πρωτοκλίσια, et il traduit ces mots en latin
par *primi inscensi throni,* ce qui signifieroit
premières solennités de la prise de possession
de la couronne.

Valois me paroît encore plus clair, lorsqu'il dit : « Memphis étoit une ville ca-
« pitale de l'Ægypte et la seconde après
« Alexandrie ; bien plus, elle avoit été le
« séjour des rois avant que cette dernière
« fût bâtie ; il paroît donc que c'est à cause
« de cette ancienne primauté que les rois
« grecs se faisoient inaugurer à Memphis,

(12) Hist. reg. ægypt. p. 80 et 89.

(13) Troisième Lettre insérée dans le Magasin Encyclopédique, du 7 fructidor an 9, p. 338.

(14) Eclairciss. sur l'inscript. de Rosette ; notes de la
page 40 et de la page 88.

« après avoir célébré les anacléteries : *post*
« *celebrata* ἀναϰληῖήϱια. »

Polybe ne peut être interprêté différemment à cet égard , lorsqu'il fait le récit
de ce qui se passa à Alexandrie après la
mort de Scopas. « La sédition des Étoliens,
« dit-il, ayant été apaisée, les courtisans
« s'empressèrent de célébrer les solennités
« d'usage envers la personne qui est saluée
« en qualité de roi ; *on les nomme ana-*
clétéries (15). » Le même historien prouve
également que les fêtes de l'installation suivoient immédiatement la proclamation , en
parlant de l'accusation portée contre Tlépolème par le faux tuteur Agathocle. « L'accu-
« sateur assure, dit-il, que Tlépolème , abu-
« sant de la jeunesse du roi , et profitant du
« désordre intérieur , doit bientôt usurper le
« pouvoir souverain. » Un témoin , nommé
Critolaüs , soutient l'accusation en disant ,
« qu'il a vu les autels , les victimes, et tous
« les apprêts que faisoit la multitude, pour
« la solennité d'usage , lorsque le nouveau
« roi ceindroit le diadême πϱὸς τὴν τȣ ϑια-
« ϑήμαῖος ἀνάϑειξιν. (16). »

Ces deux passages ne sont point équivoques;
il n'y est nullement question d'un grand ras-

(15) Polyb. Hist. lib. XVII, p. 5o6, éd. de Vienne,
in-8.°.

(16) Ib. lib. XVI, p. 413.

semblement qui puisse avoir eu lieu à Memphis : on n'y reconnoît au contraire qu'un usage macédonien, relatif à la proclamation des rois, et non à leur inauguration. Ce sont d'un côté les courtisans ; de l'autre la multitude, que Polybe désigne pour faire seuls les apprêts des fêtes *anaclétéries*. Ce mot, venant d'ἀνοκαλῶ, *je publie, je proclame*, ne pourroit d'ailleurs signifier autre chose que l'acte de la *proclamation* ou de la *publication*.

Le même auteur nous dit enfin, en parlant des fêtes célébrées au sujet de la majorité de Ptolémée Philométor, fils de Ptolémée Épiphane, que ces fêtes avoient lieu aussitôt que les rois d'Ægypte étoient parvenus à l'âge de régner ὅἸαν εἰς ἡλικίαν ἔλθωσιν (17) ; et quoique Polybe ne nomme point le lieu où se célébrèrent les anaclétéries de Ptolémée Épiphane et de son fils Philométor, il fait entendre clairement que ce ne fut point à Memphis.

Athénée jette un grand jour sur toute l'étendue de la question (18). Il suffit de lire la pompeuse description que cet auteur nous a laissée des fêtes de l'installation de Ptolémée Philadelphe, pour être convaincu que les solennités de cette nature se faisoient

(17) Polyb. legat. 78.
(18) Athen. lib. V.

ordinairement à Alexandrie. Les détails que
donne Athénée tiennent de la féerie, et sont
presque incroyables; mais, en les supposant
même exagérés, il n'est pas moins constaté
que ces fêtes, bien qu'elles fussent accom-
pagnées de cérémonies religieuses, ne pouvoient dispenser Philadelphe d'aller se faire
inaugurer à Memphis. Nous venons de voir,
dans le passage que nous avons cité du Scholiaste de Germanicus, que les rois étoient
obligés de se conformer à cet ancien usage
qui les appeloit à Memphis, *ubi mos erat
solio regio decorari reges qui regnabant.*

Je pourrois faire remarquer encore la
coutume adoptée par les Ægyptiens, dès les
temps les plus reculés, de mettre une distinction entre ce qui étoit civil et ce qui
étoit religieux. L'année étoit sacrée et civile;
l'une et l'autre admettoient des calculs différens. L'écriture étoit hiéroglyphique ou vulgaire; les terres étoient sacrées ou civiles (19);
et l'on doit aussi reconnoître qu'Alexandrie
étoit la capitale politique, et Memphis la capitale religieuse. Dans l'une, on conservoit les
dépouilles mortelles des rois, et on y cou-
ronnoit d'abord leurs successeurs; dans l'autre, on les sacroit, et l'adulation ou la gratitude les plaçoit au rang des Dieux.

(19) Voy. les Monumens singuliers de Dou Martin
où il traite de la religion et du calendrier ægyptien.

Je vais maintenant vous faire remarquer, relativement au même prince, que la solennité de son inauguration à Memphis n'a en effet rien de commun avec les anaclétéries célébrées à Alexandrie, et qu'il y eut même beaucoup de motifs pour faire retarder le sacre de ce roi.

Ma première observation porte sur le mot ἀνακλητήρια : ce mot ne se rencontre nulle part dans l'inscription; on n'y lit que ceux de πανηγύρεις, *fêtes d'un grand concours* de tous les états du royaume, et de παράλημψις qui signifie *acceptation*, ce qu'il faut entendre par acceptation religieuse de la couronne (20). L'absence du mot ἀνακλητήρια ne prouve-t-elle pas que le monument de Rosette n'a aucun rapport avec les fêtes qu'on nommoit anaclétéries?

N'oublions pas que, suivant Polybe, Ptolémée Épiphane prit les rênes du gouvernement après huit ans de minorité, c'est-à-dire à l'âge de treize ans; que cette installation eut lieu plus tôt que les lois du royaume ne le permettoient, et qu'on la célébra par ces mêmes fêtes qu'il désigne sous le nom d'anaclétéries; ce qui doit donner lieu à une seconde remarque.

Tout le sens de l'inscription annonce une

(20) Au sujet de ces deux mots, voyez la note 38 de la troisième lettre de Villoison déja citée.

longue suite d'événemens, un contraste entre
le bonheur public actuel et les calamités
passées : il présente sans cesse non les actions
d'un enfant, mais celles d'un jeune homme à la
fleur de son âge τοῦ νέου, suivant l'expression
employée dans le monument (21). C'est par le
même terme que Strabon désigne un jeune
prêtre de Prienne qui présidoit au temple de
Neptune Hélicien sur les bords du Méandre (22). Plutarque, dans la vie de Thémisto-
cle, en peignant l'ambition de cet illustre
Athénien, le qualifie également de νέος (23).
Une inscription, qui se trouve dans l'église
métropolitaine de la ville de Sérés, dans la
Macédoine, commence par ces mots οἱ νέοι
ou le *conseil des jeunes qui délibèrent*, enfin
sur une médaille frappée par l'impératrice
Irène, représentant la tête de l'empereur
Léon IV et celle de son fils Constantin, alors
âgé de 18 à 20 ans, on lit CONSTANTINOS O
NEOS (24).

Il doit paroître constant que l'auteur de
l'inscription de Rosette n'a pas eu l'intention,

(21) βασιλεύν]ος τὸν νέου, premiers mots de l'inscription.

(22) Strab., pag. 384.

(23) In Themist. p. 113.

(24) Voy. le tome 3 des Lettres et Dissertations numismatiques de Sestini, t. 2, p. 95 et 100.— Je ne saurois
être de l'avis de l'auteur qui paroît ne pas douter que
les médailles à quatre têtes qu'il cite, n'ayent été frappées du vivant de Léon IV.

en employant le mot νέος de désigner un
enfant. Les événemens que l'écrivain sacré
rappelle, les termes dont il se sert, nous in-
diquent un roi magnanime et bienfaisant,
qui embrasse toutes les parties du gouvernement; le régénérateur de l'Ægypte τοῦ τὴν
Αἴγυπτον καταστησαμένε; le réformateur des
mœurs; le restaurateur du culte; un prince
pieux, libéral, magnifique dans les dons
qu'il fait aux temples et aux prêtres; qui
soulage son peuple des impôts trop oné-
reux; qui élargit les prisonniers; qui amnis-
tie les révoltés sans les priver de leurs pro-
priétés; mais qui, en même temps, vengeur
de son père, entre à Memphis après avoir
fait périr les rebelles qui avoient longtemps
causé les déchiremens intérieurs du royaume.

Tant de faits ne peuvent être l'ouvrage
d'un enfant: ils excèdent les pouvoirs d'un
ministre; ils exigent du temps; enfin ils
honorent tellement le prince qui en est l'auteur, ils excitent si bien envers lui la reconnoissance publique, qu'ils lui font décerner
les honneurs divins.

Il y a plus. Il résulte évidemment du témoignage de Polybe, comparé aux termes de
l'inscription, que lorsque le monument fut
élevé, le roi étoit âgé de vingt-cinq ans.
Polybe assure que ce prince avoit déja atteint
cet âge, lorsqu'il fit le siége de Lycopo-

lis (25), et l'inscription ne le fait arriver à
Memphis, pour son inauguration, qu'après
ce même siége (26). Polybe ajoute que Ptolémée n'étoit pas guerrier ; il accuse Polycrate,
l'un de ses ministres et en même temps général
de ses armées, d'avoir négligé de le former
aux vertus militaires. L'historien entre encore
dans de plus grands détails: il fait mention de
l'eunuque Aristonicus qui avoit été élevé
avec le prince, et qui n'étoit plus alors un
enfant, puisque cet officier, dont il vante le
mérite, arrivoit de la Grèce où il avoit été
lever des troupes pour le service de son
maître. Polybe avoit donc connoissance de
tous les faits, il étoit bien instruit des causes,
de la durée et du terme des insurrections de
l'Ægypte : il devoit, par conséquent, être
instruit aussi de l'âge qu'avoit le roi, lorsque
ce prince parvint à les faire cesser. Ceci me
paroît convaincant: d'une part, l'inscription
porte en propres termes que le roi n'entra à
Memphis qu'après avoir détruit les rebelles
réfugiés à Lycopolis; de l'autre, Polybe nous
dit que Ptolémée avoit vingt-cinq ans, quand
cette ville fut prise : que faut-il de plus pour
déterminer notre hommage à la vérité et au
célèbre historien qui nous l'a dévoilée?

Je ne me permettrai plus qu'une réflexion

(25) Excerpt. ex Polyb., p. 112.
(26) Id. Ibid.

qui me paroît ne devoir pas être passée sous
silence. Adoptons pour un moment l'hypothèse que la déification de Ptolémée V eût pu
avoir lieu lorsque ce prince entroit dans sa quatorzième année, c'est-à-dire lorsqu'il ne pouvoit ni délibérer ni agir par lui-même :
pourroit-on présumer qu'après être parvenu
à sa virilité, il eût été bien flatté de se trouver
Dieu en récompense des actions de ses repré-
sentans? Soyons plus justes envers ceux qui
imaginèrent de lui donner des témoignages
éclatans de la reconnoissance des peuples;
ayons une idée plus favorable du roi qui en
agréa les démonstrations; soyons persuadés
que rien n'est exagéré dans les motifs du
décret, et que Ptolémée étoit alors parvenu
à un âge où il pouvoit apprécier les honneurs
qui lui étoient rendus; autrement toute l'é-
numération de ses titres à tant d'honneurs, ne
seroit qu'un mensonge, et toute la solennité
accessoire qu'un pur enfantillage. Se former
une opinion contraire, ce seroit avilir une
nation dont on a justement vanté la gravité,
la sagesse, et le respect pour les Dieux; ce
seroit enfin déshonorer des prêtres dont l'influence étoit encore tellement respectée que
leurs décrets tenoient lieu d'oracles.

Quant au retard que dut éprouver le couronnement religieux de Ptolémée Épiphane,
on ne peut le révoquer en doute, si on

considère l'état d'insurrection qui dura jusqu'au siége de Lycopolis. La solennité auguste de ce couronnement, ce πανηγύρεις
des Grecs, ce *sacrum solenne* ou *sacra ce-
lebritas* des Latins, exigeoient que la cour
la plus fastueuse de l'Orient fît un voyage
de cinquante lieues pour se rendre à Memphis; il falloit que les prêtres et tous les
dignitaires s'y rendissent de toutes parts, et on
conçoit aisément quelle devoit être l'affluence
de peuple que la pompe de cette fête y
attiroit; or cette brillante convocation, qui
étoit la preuve de la tranquillité et du bonheur dont jouissoit le royaume, auroit-elle
pu avoir lieu dans un temps où il s'agissoit
de faire cesser une guerre civile que les rois
de Syrie avoient longtemps soutenue? Les
rebelles n'auroient-ils pas fait tous leurs ef-
forts pour troubler l'éclat de cette cérémonie?
Eût-il été prudent d'exposer la dignité, les
jours même, d'un prince chéri, qu'on alloit
bientôt élever au rang des Dieux?

On pourroit pousser loin encore les rapprochemens que fournissent les circonstances
du règne de Ptolémée V, avec les détails
contenus dans l'inscription; ils donneroient
de nouvelles preuves de la différence qui
existoit entre le couronnement civil et le
couronnement religieux; mais, au lieu de
m'appesantir sur toutes ces recherches, je dois

m'occuper de fixer l'époque où le décret des prêtres de Memphis fut rendu, et d'expliquer pourquoi ce décret est daté de la neuvième année, si le roi, héritier du trône à cinq ans et majeur à treize, en avoit vingt-cinq à l'époque de sa déification.

De l'ère nouvelle adoptée en Ægypte sous le règne de Ptolémée Épiphane.

Les savans qui ont voulu expliquer ces mots ἔΊυς ἐννάΊυ, l'année neuvième, qui se trouvent à la cinquième ligne de l'inscription, ont pensé que Ptolémée, parvenu au trône à l'âge de quatre ans, en avoit treize, lorsque le décret de sa déification fut rendu. Ils ont supposé que cette date indiquoit la neuvième année du règne de ce prince, et par conséquent la première de sa majorité. Cette explication, en resserrant un grand nombre d'événemens importans dans un trop court espace, est contraire à la vérité, et blesse même la vraisemblance; elle a obligé les écrivains qui l'ont adoptée, non-seulement à confondre les faits, mais encore à employer comme synonymes diverses expressions dont le sens est très-différent.

Quatre époques bien distinctes se font reconnoître dans l'inscription de Rosette, la principale est celle qui marque le jour où les

prêtres de l'Ægypte rendent leur décret ;
deux autres qui sont indiquées depuis la
quarante-sixième ligne de l'inscription jusqu'à la quarante-neuvième, se rapportent à
des solennités déja en usage en l'honneur
de Ptolémée V. La quatrième est celle où
doivent être célébrées de nouvelles fêtes établies par le décret lui-même.

Les fêtes rappelées dans ce décret, et celles
dont il prononce l'institution, portent toutes
le nom du prince ; elles sont par conséquent
éponimiques. La dernière, la plus solennelle
des trois, exigeoit un grand rassemblement ;
elle devoit durer cinq jours, et commencer
le premier de la néoménie de Thout ; c'est-
à-dire qu'elle devoit ouvrir l'année civile. Les
deux autres, suivant les termes de l'inscription, se rapportent à des époques *très-heu-*
reuses du règne de Ptolémée V, πολλῶν ἀſα-
ϑῶν ἀρχηγὸι (27). La première appartient
au jour de sa naissance ; elle se célébroit
le trentième jour du mois *mesori* (28). Il
n'existe sur ce point aucun sujet de contes-
tation. Le jour où se célébroit la seconde
n'est pas connu, à cause d'une lacune qui se
trouve sur la partie dégradée du monument.

(27) A la ligne 47 de l'inscription.
(28) Douzième et dernier mois de l'année fixe qui
recevoit l'intercalation des cinq jours épagomènes de
l'année.

L'institution de cette seconde fête présente
d'ailleurs une difficulté qui n'a pas été
éclaircie, parce que l'on n'a pas distingué
le couronnement civil ou provisoire, d'avec
le couronnement religieux; et messieurs les
commentateurs croyant voir quelque rapport entre cette fête et la date ἐ7υς ἰννά7υ,
l'année neuvième, se sont persuadés que cette
date avoit pour objet de rappeler l'avénement
de Ptolémée V au trône, et que par conséquent
il s'étoit écoulé neuf années depuis qu'elle
avoit été instituée jusqu'au jour du décret.

N'est-on pas forcé de soupçonner quelque
erreur dans une explication qui fait dater le
commencement du bonheur public de la
mort du prince qui l'avoit renversé pour longtemps? Rappelons-nous d'abord que le moment où Ptolémée V hérita du trône est une
des époques les plus désastreuses de l'histoire de sa famille. Pouvons-nous supposer
que les Ægyptiens opprimés par des régents
vicieux et tout-puissans, en proie à la guerre
civile, livrés à des inquiétudes continuelles
sur leur destinée future, eussent regardé du
même œil l'époque de la naissance du roi,
et celle de sa déplorable minorité? Tombe-
roit-il enfin sous les sens, que les prêtres de
l'Ægypte eussent osé déclarer dans leur décret que le jour où la mort de Philopator
livroit le royaume aux ennemis du dedans et

du dehors, fut, ainsi que le jour de la naissance de son fils, πολλῶν ἀΓαθῶν ἀρχηγὸς au nombre des jours heureux qui avoient produit beaucoup de biens?

Il faut nécessairement s'éloigner des temps désastreux de la première régence, pour trouver un motif légitime à cette seconde fête. Un ordre naturel nous conduit au jour où le peuple, lassé des maux qui l'accabloient, demande que le jeune roi prenne en mains les rênes du gouvernement de l'état, « dans l'espérance, dit Polybe (29), « que son autorité personnelle y amèneroit « quelque heureux changement.» N'ai-je pas prouvé que c'est à cette même époque que l'on dut célébrer les anacléteries; il est donc naturel de croire que l'enthousiasme qui fit déclarer le jeune roi majeur plus tôt que les lois ne le permettoient, consacra aussi la mémoire de cet événement par une fête que l'on regarda comme un présage du prochain retour de la félicité publique.

Mais de plus, pour qu'il se fût écoulé neuf ans seulement depuis l'avénement de Ptolémée V au trône, jusqu'au décret de Memphis, il faudroit que l'inauguration de ce prince eût été célébrée, lorsqu'il n'avoit que treize ans: or cette opinion, ainsi que je l'ai prouvé, seroit contraire au récit de

(29) Lib. XVII.

Polybe, duquel il résulte qu'il en avoit alors vingt-cinq.

Les neuf années indiquées dans le décret ne peuvent donc point s'accorder avec l'avénement de Ptolémée V au trône ; elles ne s'accordent pas davantage avec l'époque de sa majorité, puisqu'il fut déclaré majeur à treize ans, et qu'il fut sacré à vingt-cinq : les neuf années, dans ce cas, coïncideroient avec sa vingt-deuxième année. Tout calcul contraire attaqueroit la vérité de l'histoire et le témoignage du monument lui-même. Il est donc indispensable de rechercher un événement mémorable du règne de Ptolémée Épiphane qui puisse concilier la date du monument avec la vingt-cinquième année de l'âge du roi. Cet événement heureux pour le royaume d'Ægypte ne peut être que le mariage de Ptolémée avec Cléopâtre, fille d'Antiochus-le-Grand. Il m'a paru conséquemment que la date de l'inscription de Rosette, ἔτες ἐννάτε, *l'année neuvième*, devoit provenir d'une ère nouvelle : c'est ce qui me reste à prouver.

Délivrés de la domination intolérante des Perses, les Ægyptiens n'avoient cessé, depuis les conquêtes d'Alexandre, de jouir des avantages politiques et religieux que le gouvernement des princes grecs leur avoit procurés. A leur sévère éloignement pour les étrangers, avoit succédé le desir de leur

faire accueil et de se lier avec eux. La
Grèce rendoit alors plus que jamais à l'Ægypte
tout ce qu'elle en avoit autrefois reçu. Les
trois premiers règnes, à commencer par Ptolémée Soter, avoient fait de ce royaume le
séjour des richesses et de la gloire. Tout
conspiroit à assurer la durée d'un état aussi
florissant, lorsque les vices et l'incapacité
d'un seul prince, en firent craindre le ren-
versement total.

La mort prématurée du lâche Philopator
ne laissoit à Ptolémée Épiphane, son fils
unique, qu'un pays révolté, un trône chan-
celant, et un voisin puissant avide de s'en
emparer. La régence tyrannique de l'inepte
Agathocle, n'offroit que de faibles moyens
contre l'ambition d'Antiochus; il ne restoit
à l'Ægypte que la terreur trop fondée de la
prochaine invasion des Syriens.

Un changement de domination, et plus
encore la privation de la présence de leurs
rois, étoient de tous les maux politiques
ceux que les Ægyptiens avoient le plus à
redouter; et, dans cet état de désordre où
se trouvoit le royaume, malgré le meurtre
d'Agathocle, et la protection des Romains,
rien ne pouvoit balancer la puissance d'Antiochus. L'éclat de ses conquêtes, sa bravoure,
son état militaire, formoient un contraste
effrayant avec la faiblesse du jeune Ptolémée

Épiphane, et avec le dépérissement de ses ressources.

Déja le partage du royaume d'Ægypte avoit été arrêté entre Philippe, roi de Macédoine, et Antiochus; déja le premier de ces princes s'étoit emparé de plusieurs villes d'Asie, qui étoient sous la domination ægyptienne; déja la Célésyrie et la Phœnicie étoient au pouvoir du second; et toutes les forces romaines n'auroient point empêché le partage, si Antiochus eût volé au secours de son allié, dont la défaite, dans les plaines de la Thessalie, détruisoit leur perfide dessein.

Ce fut l'imprévoyance du roi de Syrie qui offrit le moyen de sauver l'Ægypte de l'invasion dont elle étoit menacée. Le triomphe de Flaminius aux Cynocéphales paroissoit déja annoncer celui de Scipion dans les plaines de Magnésie. Antiochus fut frappé de la tournure que prenoient les affaires de la Grèce; mais il reconnut trop tard le danger dans lequel il se trouvoit lui-même; et ce fut alors seulement qu'il s'occupa de conserver sur le trône, l'enfant qu'il lui auroit été si facile d'en faire tomber. Obligé de tourner toutes ses forces contre les Romains, qui le menaçoient, il consentit enfin à donner aux Ægyptiens le gage de paix que sa tardive prudence avoit promis au tuteur Aristomène par le traité conclu à Raphie; et ce fut dans cette ville même, avant d'ouvrir la campagne, qu'il unit sa fille Cléopâtre au jeune Ptolémée monté sur le trône depuis près de trois ans.

La paix déja conclue avec Antiochus avoit fait renaître l'espoir du bonheur; la preuve solennelle que ce prince donnoit de sa bonne foi, par le mariage de sa fille, ranima de plus en plus cet espoir et dut porter au plus haut degré la satisfaction publique. C'étoit la première fois que l'on voyoit une princesse syrienne partager le trône de l'Ægypte; or, dans un changement de condition si heureux, il est aisé de concevoir à quel excès se porta l'enthousiasme, et par combien de démonstrations éclatantes il dut être célébré chez des peuples si portés à tous les genres d'exaltation.

Suivant la Chronologie de Vaillant, Ptolémée n'avoit que quinze ans lorsqu'il épousa Cléopâtre; mais on voit aisément qu'il ne se trompe qu'en supposant que ce prince n'avoit que quatre ans lorsqu'il hérita du trône de son père (30). Casaubon, dans ses Tables chronologiques sur l'histoire de Polybe (31), rectifie cette erreur, en nous donnant l'époque véritable et plus naturelle

(30) La Chronologie de Vaillant n'est pas d'accord à ce sujet avec son histoire : dans l'une, Ptolémée est *quadrinulus* ; et dans l'autre, *quinquennis*.

(31) Ed. de Vienne, t. 3, p. 9.

2 *

du mariage du roi, qui avoit alors atteint sa seizième année.

Il est d'autant plus nécessaire de fixer cette époque avec précision, qu'elle se rapporte nécessairement à la date du décret des prêtres de Memphis. Ce décret est daté de la *neuvième année* ἔτϛ ἐννάτȣ. J'ai prouvé que ces neuf années ne peuvent point commencer à la mort de Philopator, attendu que Ptolémée Épiphane son fils, n'avoit alors que cinq ans, et qu'il s'étoit par conséquent écoulé vingt ans depuis son avénement au trône jusqu'à l'inauguration. J'ai prouvé en outre que ces neuf années ne peuvent point se rapporter à la majorité du jeune roi, puisqu'il avoit été déclaré majeur et couronné à treize ans, et qu'il y auroit encore un intervalle de douze ans entre cet événement et la cérémonie de Memphis. Il ne reste donc d'autre époque à laquelle la date du monument puisse se rapporter, que celle de l'heureux mariage que l'on dut regarder comme la garantie de la prochaine régénération de l'Ægypte.

Si l'on ajoute neuf années aux seize qu'avoit le roi lors de la célébration de son mariage, on obtient les vingt-cinq de l'âge où il étoit lorsqu'il reçut à Memphis l'onction sacrée, et l'on ne peut s'empêcher de remarquer un accord parfait entre le récit de Polybe et la date du monument.

Le mariage du prince dut être, dans l'opinion des prêtres de l'Ægypte, un motif suffisant et légitime pour la création d'une ère nouvelle, qui rappelât l'époque où l'Ægypte avoit échappé au danger de perdre son roi, de voir partager ses provinces, et conçu l'espoir d'un bonheur prochain jusqu'alors inattendu.

Pour peu qu'on réfléchisse sur les faits que j'ai rapidement tracés ci-dessus, on reconnoîtra que les Alexandrins, dans l'excès de leur joie, durent aussi concevoir l'idée glorieuse de la création d'une ère nouvelle uniquement relative au prince qui étoit devenu l'idole du peuple, et qui, par son mariage, mettoit le comble à leur satisfaction. Cette création avoit l'avantage de flatter le prince, de lui faire aimer ses sujets, et de lui inspirer le desir d'égaler ses aïeux; elle tenoit aussi à des superstitions qui, en attachant les esprits aux signes d'une révolution favorable, devoient écarter tout souvenir des temps les plus désastreux de l'Ægypte.

L'institution de cette ère nouvelle créée en l'honneur de Ptolémée Épiphane, ne me paroît pas seulement prouvée par les nombreuses circonstances qui durent la motiver; elle est conforme encore à l'esprit et aux usages que les Grecs avoient introduits dans l'Ægypte. L'inconstance avec laquelle ils

changeoient le calcul des temps augmentoit à
mesure que leur liberté recevoit de nouvelles
atteintes. La seule ville d'Antioche changea
quatre fois son ère; et ainsi qu'Ascalon et
Gaza, elle en employa aussi deux à la fois (32).
Ces mutations étoient ordinairement le signe
de la satisfaction publique pour toute espèce
de révolution politique favorable, soit à l'é-
tat, soit à la ville qui en éprouvoit quelque heureux effet; ou bien un moyen de
donner à des princes bienfaisans un témoignage éclatant de reconnoissance, pour des
immunités, des franchises ou d'autres grâces
que ces villes en avoient reçues (33). Or
toutes les conditions attachées à la création
d'une ère nouvelle se trouvant réunies dans
les événemens qui causoient la joie des
Ægyptiens; le monument de Rosette lui-même
étant la preuve la plus convaincante de ce
sentiment général, on ne peut douter que
l'année neuvième qui sert de date à l'inscription n'appartienne à une ère nouvelle, qu'on
pourroit avoir appelée l'ère de la régénération de l'Ægypte dont le roi étoit regardé

(32) Eck., Doct. num. vet., t. 4, p. 403.
(33) Id. Ibid. p. 42. — Noris, de Epoch. Syro-
Maced., p. 57.— M. Larcher, Trad. d'Hérodote, t. 2;
Suppl., p. 577. M. Larcher fait mention dans ce Supplément de l'ère de Sésostris qu'aucun auteur moderne
n'avoit connue.

comme le principal auteur τȣ τὴν ᾿Αἴυπῖον καῖασῖησαμένȣ.

Nous devons croire que si les prêtres de l'Ægypte, en employant ces mots *l'année neuvième*, eussent voulu les faire rapporter au temps écoulé depuis l'avénement de Ptolémée au trône, ils auroient dit *l'année neuvième du règne de notre bienfaisant souverain*, ou qu'ils auroient pris tout autre moyen équivalent pour ne laisser aucune ambiguïté. Il est bien vrai qu'après la mort de Ptolémée V, et non avant, ainsi qu'on l'a toujours cru, et sous l'empire romain, les dates de règne sont indiquées isolément sur les monnoies ægyptiennes par des lettres numérales; mais ce laconisme monétaire ne me paroît pas admissible sur un monument élevé pour la postérité, et sur lequel par conséquent on ne devoit se servir que de l'époque civile accoutumée, ou d'une époque particulière au prince.

Nous voyons enfin une forte preuve en faveur de la création d'une époque relative à Ptolémée, dans l'affectation que mettent les auteurs du décret à anticiper de six mois la célébration des cinq jours de fêtes qu'ils instituent. En effet, c'est dans le mois macédonien xandique ou xanthique, correspondant au sixième mois ægyptien *méchir*, que l'on décrète ces fêtes annuelles, et c'est le

mois *thouth*, commençant l'année, qu'on choi-
sit de préférence pour les célébrer.

Cette anticipation de six mois est remarquable: elle démontre clairement l'intention
des prêtres de faire commencer les fêtes
nouvellement établies le jour même qui devoit marquer la dixième année du mariage
du roi, c'est-à-dire le premier jour du mois
thouth, mois religieux par excellence chez
les Ægyptiens, et celui auquel se renouvel-
loient leurs diverses années, ou vagues ou
fixes (34). Une pareille coïncidence étoit
flatteuse pour le prince qui voyoit ainsi tous
les ans célébrer l'ère nouvelle instituée en
son honneur, par des fêtes qui rappeloient
le motif de cette double institution.

L'usage constant dans l'Ægypte de faire
commencer une époque par la néoménie de

(34) Voyez, relativement aux années ou vagues ou
fixes sous les Ptolémées, le 2.ᵈ Mémoire de La Nause,
dans le tome 16 de l'Acad. des B. L., p. 170; et celui
de Fréret, son antagoniste, dans le même tome, pag. 308.
Voyez aussi l'Addenda déja cité du savant Zeuga, dans
ses *Nummi Ægyptii*, et la Notice de M. Visconti que
M. Larcher a fait insérer dans le 2.ᵈ vol. de la nouvelle
édition de son Hérodote. Les membres de l'Institut d'Æ-
gypte qui travaillent à la description des monumens de
ce pays célèbre, ne manqueront pas sans doute de nous
donner de nouveaux éclaircissemens relatifs au calendrier ægyptien, dans l'article de leur bel ouvrage, où ils
traiteront des deux Zodiaques du temple de Tendira.

thouth, est prouvé par l'ère d'Auguste, qui commença à cette néoménie; quoique la prise de la ville d'Alexandrie ne coïncidât point avec ce calcul astronomique : elle est encore prouvée par l'ère de Dioclétien (35) qui anticipa de près de trois mois l'avénement de cet empereur au trône, pour coïncider avec la néoménie de *thouth* de la même année.

Du reste, quoique la nouvelle ère ægyptienne, employée sur le monument de Rosette, me paroisse incontestable, je ne saurois en conclure que cette ère eût fait tomber en désuétude celle que Ptolémée Soter avoit établie après la mort d'Alexandre. Censorin, qui fait mention de trois époques dont se servoient les Ægyptiens (36), passe sous silence celle dont il s'agit; mais ce silence ne peut suffire pour en faire rejeter la création. L'enthousiasme des Ægyptiens ayant bientôt fait place à un mécontentement général, il est possible que cette époque, ou religieuse ou civile et particulière au prince, ait subsisté peu de temps.

Quoi qu'il en soit, il résulte de mes ob-

(35) Cette ère est souvent nommée par les Pères de l'Église, l'*ère des martyrs*. Elle fut instituée pour rappeler la destruction du tyran Achillée, que Dioclétien fit perir dans la ville d'Alexandrie.

(36) De Die nat.; cap. 21.

servations qu'on ne peut plus révoquer en
doute la différence qui existe entre le couronnement qui dut se faire à Alexandrie, et
le rassemblement solennel de Memphis, le
πανηγύρεις de l'inscription; et que l'époque
de cette dernière cérémonie ne date pas comme
on l'a cru (37) de la troisième année de la
146.ᵐᵉ olympiade, mais qu'elle tombe à la
seconde de la 149.ᵐᵉ, la vingtième du règne
de Ptolémée Épiphane, la douzième depuis
son installation à Alexandrie, la neuvième
depuis son mariage avec Cléopâtre, l'an de
Rome 570 et des Lagides 142, cent quatre-
vingt-un an avant l'ère chrétienne.

Si on m'objectoit que la reine Cléopâtre,
qui avoit tant de part aux causes de l'allégresse générale, auroit été nommée dans l'inscription, si le roi eût été déja marié, lorsqu'il
fut sacré à Memphis, je répondrois que la déification ne concernant à cette époque que les rois,
il n'étoit pas convenable que les prêtres rassemblés pour délibérer sur celle de Ptolémée V,
fissent mention de la reine à qui cet honneur ne pouvoit être accordé (38). J'observe-

(37) Eclaircis. sur l'inscript. trouvée à Rosette, p. 32.

(38) On voit dans la vie de M. Antoine, de Plutarque, que Cléopâtre, dernière reine d'Ægypte,
prenoit le titre de nouvelle Isis. Elle est qualifiée sur
les médailles, de ΘΕΑ ΝΕΩΤΕΡΑ, nouvelle déesse; mais
ces innovations sont postérieures aux temps dont nous
parlons.

rois encore que l'apothéose seulement étoit réservé aux princesses. Si Bérénice, femme de
Soter; si Arsinoé, femme de Philadelphe;
Bérénice, fille de Magas et femme d'Evergette,
et Arsinoé, sœur et femme de Philopator,
sont désignées dans l'inscription comme des
déesses, c'est par la raison qu'elles avoient
reçu l'honneur de l'apothéose ainsi que leurs
maris, et qu'elles devoient figurer dans la
généalogie céleste de Ptolémée Épiphane. Ces
princesses n'avoient obtenu les honneurs divins qu'après leur mort. J'ajouterois aussi
que les empereurs romains tardèrent longtemps à partager, avec leurs épouses, leurs
sœurs et leurs nièces, les honneurs de la
déification, et même à leur donner le titre
d'Auguste. Il ne faut donc pas être surpris
que Cléopâtre, femme de Ptolémée V, ne
soit point nommée dans un décret dont l'objet
unique étoit de déclarer que son mari étoit
Dieu. Il est néanmoins probable qu'elle fut
mise au rang des déesses après sa mort par
son fils Ptolémée Philométor. Si nous voyons
dans l'inscription, Philopator, père d'Épiphane, et Arsinoé, sa mère, nommés comme
des Dieux, nous devons croire que Ptolémée V avoit lui-même fait leur apothéose.
On ne pourroit pas supposer que Philopator,
meurtrier de cette dernière reine, eût fait
consacrer sa victime, et que le peuple, qui

détestoit la mémoire de ce roi, eût spontanément demandé qu'il fût placé au rang des
Dieux.

Je terminerai ces éclaircissemens, mon
très-cher Confrère, par une observation que
me fournit le portrait de Ptolémée V. Toutes
les médailles que j'ai vues de ce prince et
que Vaillant attribue à Ptolémée XIII, le représentent âgé de vingt-quatre à vingt-cinq
ans. Vous en verrez un exemple dans le
dessin joint à cette lettre. Ce fait est une
preuve surabondante de l'âge qu'avoit le roi,
lorsqu'il reçut les honneurs divins ; honneurs qui motivèrent sans doute une fabrication extraordinaire de monnoies d'or et
d'argent où il est représenté avec des attributs divins. Il seroit trop long d'entrer à
présent dans les explications que ce sujet
exige ; je me réserve, ainsi que je vous
l'ai déja annoncé, de vous communiquer
bientôt des idées nouvelles sur ce portrait
et sur celui de Ptolémée Évergete qui est encore inconnu.

QUATRIÈME LETTRE

*Sur l'Inscription de Rosette. Système moné-
taire de la dynastie des Lagides* (1).

Extrait du Magasin Encyclopédique,
Février 1810, p. 283.

VOUS avez eu connoissance, mon cher et
savant ami, du nouveau voyage que j'ai
dû faire dans la Turquie, et vous n'aurez
pas été surpris qu'un homme qui a beaucoup agi, ait négligé d'écrire; voilà la légi-

(1) La première Lettre a été insérée dans le *Magasin Encyclopédique*, au N.º de mai 1807. La seconde au N.º de septembre de la même année; et
la troisième au N.º de mai 1808.

I

time excuse du retard que j'ai mis à vous
faire parvenir mes dernières observations sur
l'Inscription de Rosette.

Je vous ai parlé de la dénomination qui
m'a paru le mieux convenir à ce précieux
monument, le seul de ce genre qu'on ait
encore découvert. Je vous ai exposé ce que
je pensois sur la tutelle du jeune Ptolémée
Epiphane, et sur la différence qui a existé
en Ægypte, sous les Lagides, entre les fêtes
du couronnement civil des rois, *ἀναϰλήτηρια*,
qu'on célébroit à Alexandrie, et celles de
l'inauguration *πανυτήρεις*, qui avoit lieu dans
la ville sacrée où tous les symboles relatifs
à cette auguste cérémonie se trouvoient im-
muablement réunis.

Vous aurez sans doute reconnu, d'après
le témoignage de Polybe, et d'après l'inscription elle-même, que cette solennité ne
put avoir lieu avant que Ptolémée Epiphane
eut atteint sa vingt-cinquième année; et que
la date *ἔτες ἐννάτε*, *la neuvième année*,
marquée sur le monument, se rapporte réellement à l'époque du mariage de ce prince
avec Cléopâtre, fille d'Antiochus le Grand.
Cette époque mérite d'être remarquée à cause
des circonstances où se trouvoit alors l'Ægypte.

Epiphane étoit âgé de seize ans, lorsque
son mariage consolida la paix faite avec le
roi de Syrie, et contribua à raffermir la

tranquillité intérieure du royaume; et neuf ans s'étoient écoulés depuis cet événement, jusqu'au sacre du jeune roi.

Après avoir traité de la partie historique de ce monument, je vais tâcher de prouver premièrement, que nous possédons sur des médailles d'or les portraits des cinq rois et des quatre premières reines, qui sont désignés comme Dieux dans l'inscription de Rosette, quoiqu'on n'ait pas connu jusqu'à présent ceux d'Evergète, de sa femme Arsinoé, et d'Epiphane leur petit-fils; secondement, que toutes ces médailles, les seules en or qui existent de la famille des Lagides, sont relatives à l'apothéose de ces princes et de ces princesses; et enfin que toutes ont eu cours comme monnoie. Si je parviens à ce but, j'aurai contribué à détruire des erreurs qui ont entraîné jusqu'à présent la généralité des antiquaires.

Pour appuyer mes assertions, il s'agissoit de trouver un principe, qui pût éclaircir ce que présente d'obscur, de l'aveu même du savant Eckhel (2), la série nombreuse des monnoies que les rois grecs de l'Ægypte firent successivement frapper. Mais le système monétaire de ces rois étant lié avec celui d'Alexandre le Grand, sur lequel il

_____

(2) *Doct. num. vet.*; t. 4, p. 4.

me semble qu'on n'a pas encore des idées bien justes, je suis forcé de vous parler d'abord de la révolution qui s'opéra sous le règne de ce conquérant, dans des usages que la religion avoit consacrés. Un sujet aussi vaste exigeroit un très-grand développement, et je ne puis présenter en ce moment que des aperçus ; mais je dirai du moins tout ce qui sera nécessaire pour motiver des opinions qui, au premier aspect, peuvent paroître extraordinaires.

Dès l'époque de l'invention de l'art monétaire, que la théologie des anciens fit considérer comme d'institution divine, chaque peuple consacra exclusivement sa propre monnoie à ses Dieux protecteurs. Les rois n'y eurent d'autre droit que celui de la faire frapper, d'y représenter la Divinité qu'ils avoient adoptée, et d'y faire graver leurs noms. La simplicité des anciennes mœurs, une croyance superstitieuse, et des lois positives leur interdisoient même d'y prendre le titre de ΒΑΣΙΛΕΥΣ *roi* (3). Toute entreprise de l'amour propre sur le *Culte monétaire* auroit paru sacrilège. Mais

(3) Il me sera facile de prouver, par les médailles frappées chez les Ioniens d'Asie, en l'honneur d'Alexandre, que ce roi ne souffrit jamais qu'on employât le titre de ΒΑΣΙΛΕΥΖ, *roi*, sur sa monnoie.

ces pieuses institutions devoient enfin s'al-
térer. Il étoit réservé à Alexandre de partager ce culte avec les Dieux, et d'être le
premier des mortels, nés après les temps
héroïques, à qui les peuples accordèrent
spontanément ce qu'on appela dans la suite
le droit d'image.

Après la bataille du Granique, le fils de
Philippe au milieu des colonies grecques,
qu'il venoit de rendre libres, parut si grand,
l'enthousiasme qu'il inspira fut si général,
et la reconnoissance si profonde, que les
Grecs d'Asie ne purent exprimer leurs sentimens pour ce héros, que par les hymnes
de la déification. Déja Philippe son père,
déja Amyntas son ayeul avoient été honorés
comme des Dieux, celui-ci par les habitans
de Pidna, et le premier par les Amphipoli-
tains (4), rendus les uns et les autres à la
liberté par ces deux princes. Comment auroit-on refusé ces mêmes témoignages au
héros qui délivroit les Grecs du joug per-
san, et qui étonnoit l'Univers par les victoires les plus éclatantes.

La révolution qu'opéra Alexandre, en
attaquant la liberté politique qu'elle sembla
d'abord favoriser dans une partie des pays
conquis, altéra aussi la pureté des opinions

(4) ARISTID., *Rhet.;* t. 1, p. 480, ed. JEBB.

religieuses. Tel que les fils de Tyndare honorés comme nouveaux Cabyres, et tel qu'Hercule le Thébain qui avoit pris la place de
l'ancien Hercule de Tyr, le héros macédonien fut tout à la fois honoré comme nouvel Achille, nouvel Hercule, nouveau Bacchus, nouvel Apollon, nouveau Jupiter, et
enfin comme nouveau génie de l'Ægypte
ou nouvel Osiris. Arrien nous dit que ses
soldats, par un excès d'enthousiasme, en
abordant dans l'Inde, crurent voir en lui
le vrai Bacchus et le véritable Hercule. Il
n'est pas nécessaire de nous éloigner des
Ioniens d'Asie pour trouver les premières
traces du culte religieux établi en son honneur. Peu après ses premiers succès dans
les états du grand roi, dès qu'il paroît à
Ephèse, il y est reconnu pour un Dieu.
Bientôt, dans la même ville, Apelle ose le
peindre lançant la foudre. Lorsque ce prince
offre ensuite aux Ephésiens de leur payer
la dépense de la réédification du temple
de Diane, ils lui font répondre qu'il ne
sauroit convenir à un Dieu, de rien consacrer à d'autres Dieux, et enfin ils immor-
talisent la mémoire du rétablissement de leur
liberté, en consacrant un temple, dans les
environs de Clazomène, au héros qui la
leur avoit rendue.

Ce célèbre conquérant ne pouvoit conce-

voir, dès son avénement au trône, l'idée
d'un nouveau système monétaire uniforme,
invariable, et tel que nous le font connoître
les monnoies de cette époque, dont il nous
reste une si grande quantité. De grands motifs, qu'il seroit trop long de rechercher ici,
le déterminèrent sans doute à renouveller
d'abord les coins des monnoies de son père,
que le commerce avoit déja répandues dans
une partie de la Grèce. Il dut les faire
circuler dans l'Asie, jusqu'au moment où
ses soldats, ainsi que les peuples, parurent
croire à son origine céleste. Ce fut alors
qu'il acheva l'ouvrage de sa déification,
en permettant d'abord qu'on représentât sa
tête ornée de la dépouille du lion sur sa
monnoie d'argent, et sur sa monnoie de
bronze. Il est vraisemblable que ce furent
les Ioniens d'Asie qui l'honorèrent les premiers par cette espèce de culte. Mais sa
monnoie propre nous prouve qu'il ne tarda
pas à tirer avantage de cette manifestation
du vœu des peuples, et qu'il adopta le type
sur lequel il dut voir avec satisfaction son
image.

On a souvent, mais bien foiblement dis-
cuté la question de savoir quel est le Dieu
ou le héros dont la tête, coiffée d'une peau
de lion, se trouve, toujours avec les mêmes
caractères et avec le nom d'Alexandre; sur

un grand nombre de monnoies d'argent et de cuivre. La plupart des antiquaires ont cru qu'elle représentoit Hercule Thébain ; quelques autres y ont reconnu Alexandre lui-même. Je me contenterai de faire remarquer, que les anciens ont donné constamment à l'Hercule Thébain, soit qu'ils l'ayent représenté avec de la barbe ou sans barbe, un caractère auquel il est facile de le reconnoître. Il a toujours des cheveux courts et crépus, ce qui est un des signes de sa force ; son profil présente une ligne presque droite. La tête où l'on a cru reconnoître ce Dieu offre au contraire une chevelure flottante, et notamment une touffe de cheveux qui s'élève au dessus du front comme sur la tête de Jupiter. Hercule a toujours sur les médailles, le regard dirigé en avant ; le Dieu que nous voyons ici tient ordinairement la tête élevée, et paroît regarder le séjour des Dieux, où il étoit déja appelé de son vivant. Je crois, par cette seule comparaison, et par d'autres motifs encore que je me propose de publier dans la suite, pouvoir assurer que cette tête, qu'on ne trouve jamais que sur des monnoies d'argent et de bronze, nous présente *Alexandre Hercule.* Ce prince ne souffrit point que son portrait occupât une place sur la monnoie d'or. Il consacra ce métal précieux à Minerve sa protectrice, qui étoit aussi celle des Ioniens d'Asie, et celle des Athéniens dont il redoutoit les jugemens.

Après la mort du conquérant de l'Asie, ses généraux auroient été bien mal avisés, si en se préparant à partager ses vastes états, ils n'eussent d'abord affecté la plus grande vénération pour la mémoire de leur maître, et s'ils n'eussent cherché à consolider par des autels, des statues, des temples, et par le culte particulier de la monnoie, l'opinion déja établie de sa divinité. Pendant les dix-huit années de guerre qu'entraîna le partage, n'étant encore que de simples gouverneurs, ils furent obligés de renouveller la monnoie que le nom d'Alexandre avoit accréditée. Après cette révolution, loin d'être regardés comme des Dieux, ils étoient trop mal assurés sur leurs trônes pour concevoir l'idée de s'arroger un droit réservé jusqu'alors aux immortels; et leur intérêt les força à reproduire encore l'image du nouvel Hercule, auquel ils étoient redevables de leur élévation.

La prodigieuse quantité de monnoie soit d'or, soit d'argent portant le nom et la tête d'Alexandre, que l'on découvre journellement dans la Grèce et dans presque toute l'Asie, prouve qu'aucune autre monnoie n'a été aussi répandue, n'a inspiré autant de respect et n'a dû être aussi souvent renouvellée. On ne s'est pas fait jusqu'à présent une idée assez juste du nombre de royaumes et de républiques, où cette restitution eut lieu, moins encore de sa durée. Cependant il seroit facile de se convaincre que cette monnoie, devenue un des liens qui unissoient diverses nations, fût remise habituellement en circulation, jusqu'au règne de Mithridate, et même jusqu'à Auguste.

Je ne citerai qu'un fait qui vous paroîtra sans doute digne d'attention. On ne s'étoit pas encore aperçu que Mithridate eût restitué pendant tout le cours de son règne ces anciennes monnoies; mais les signes de cette restitution sont sous nos yeux. La plus grande partie des monnoies d'or et d'argent de ce prince portent les types et le nom d'Alexandre; on ne peut les reconnoître qu'à un monogramme renfermé dans une couronne de laurier, et dans la contexture duquel se trouvent les lettres qui composent le nom de Mithridate. Celles d'argent ont toutes plus de relief que celles dont elles ne sont que l'imitation, et il est remarquable que la lettre Ξ qui se trouve dans le nom d'Alexandre a constamment une ligne perpendiculaire qui partage cette lettre (5).

(5) On a cru faussement que cette lettre ainsi formée étoit très-ancienne.

Si l'on ne reconnoissoit ces sortes de médailles pour appartenir à Mithridate, il ne
seroit pas possible d'expliquer l'énigme que
présente l'excessive rareté des monnoies d'un
conquérant, l'émule du héros macédonien,
et suivant Cicéron le plus grand prince de
l'Orient après lui. Je vais au surplus examiner le système particulier adopté par chacun
des successeurs d'Alexandre.

Système monétaire d'Aridée.

Aridée, fils naturel de Philippe, qui n'a-
voit joué aucun rôle pendant le cours des
conquêtes, ne succéda pas à Alexandre,
ainsi qu'on l'a pensé généralement. Les lois
de la Macédoine, et la politique des généraux contribuèrent à lui faire donner les titres de régent des états de son frère et de
tuteur de ses neveux, quoique Perdicas rem-
plit réellement cette double fonction. Pour
croire que ce prince eût régné, il faudroit
supposer que les Macédoniens auroient consenti à intervertir l'ordre de la succession,
sagement réglé par les lois constitutionnelles
de l'état, dès le commencement de la monar-
chie.

Il en fut de Philippe Aridée comme d'Antigone Doson, qu'on a mis jusqu'à présent
au nombre des rois de Macédoine, quoique

Pausanias et Polybe l'ayent plutôt désigné comme régent et comme tuteur du jeune Philippe, fils de Démétrius second. Je ne traiterai point ici ces deux questions importantes; je dirai seulement que j'ai recherché en vain, pendant dix-huit ans de séjour dans la Macédoine, des monnoies qu'on pût avec quelque fondement attribuer à ces deux princes, et que n'en ayant trouvé aucune, j'ai dû conclure qu'Antigone Doson fit usage pendant sa régence des coins de Démétrius second, père de son pupille; et que Philippe Aridée renouvella les coins de la monnoie de son frère Alexandre, et ceux de son père Philippe.

Après la mort de ce tuteur, aussi foible que malheureux, et après les guerres sanglantes de la succession, chacun des usurpateurs prit le titre de roi: ce fut alors seulement que ces nouveaux souverains purent se former un système monétaire.

Cassandre, roi de Macédoine.

Cassandre, qui ne devoit son trône qu'à ses perfidies et à sa cruauté, envers la famille d'Alexandre, et qui régnoit sur les peuples les plus idolâtres de la mémoire de ce héros, ne fit frapper avec son nom, et avec le titre de Roi, que des monnoies de cuivre. Ces monnoies se trouvent fréquemment dans la Macédoine. Les unes représentent d'un côté la tête d'Apollon, et de l'autre un trépied avec la légende ΒΑΣΙΛΕΩΣ ΚΑΣΣΑΝΔΡΟΥ : les autres offrent d'un côté la tête d'Alexandre, coiffée de la peau du lion, et au revers tantôt un homme à cheval, et tantôt un lion ou passant ou brisant une lance dans sa gueule. Cassandre ne se permit pas d'aller plus loin, si l'on en juge par les recherches infructueuses faites jusqu'à ce jour, pour découvrir des monnoies d'or et d'argent qui lui soient particulières.

Ce fait prouve incontestablement la difficulté qu'éprouva ce prince à obtenir une plus grande autorité : ce qui n'est pas étonnant chez un peuple qui avoit toujours eu quelque part aux affaires du gouvernement. Nous devons croire qu'il ne fit frapper des monnoies d'or et d'argent, qu'en renouvellant les coins de Philippe et ceux d'Alexandre.

Antigone d'Asie et Démétrius Poliorcète, son fils.

Antigone qui dominoit glorieusement dans l'Asie, plus habile guerrier que fin politique, perdit ses états et la vie à la bataille d'Ypsus, après un règne de 6 ans. Ce prince n'eut pas à lutter, quant à sa monnoie, contre des dif-

ficultés semblables à celles qu'avoit éprouvées
Cassandre : aussi avons-nous de lui une belle
monnoie d'argent qui représente d'un côté
la tête de Neptune, et de l'autre Apollon
debout sur une proue de galère, tenant un
arc dans sa main droite ; mais comme cette
médaille est extrêmement rare, eu égard aux
grandes possessions d'Antigone, nous ne
pouvons induire de cette rareté qu'une conséquence simple, qui est, que le roi le plus
puissant entre les copartageans fut forcé
de céder aux circonstances, et de se servir
souvent des coins de Philippe et de ceux
d'Alexandre, comme le roi de Macédoine.

Antigone fit aussi frapper une monnoie
d'or entièrement semblable, quant à la forme,
au poids et aux types, à celles d'Alexandre ;
mais, à la place du nom de ce prince, il
mit le sien propre. On lit sur cette médaille
ΒΑΣΙΛΕΩΣ ΑΝΤΙΓΟΝΟΥ. Ce nouveau
système, qui fut adopté par divers successeurs
du héros macédonien, prouve bien moins
peut-être le respect qu'ils avoient pour sa
mémoire, que la nécessité d'accoutumer les
peuples par gradation à une monnoie qui
leur fut particulière : les Asiatiques très - at-
tachés à leurs habitudes, comme ils le sont
encore aujourd'hui, auroient admis avec
peine un changement total subit.

Démétrius Poliorcète, fils d'Antigone, et le

plus brave de ses généraux, s'arrogea en même temps que son père le titre de roi, quoiqu'il n'eût point alors de royaume qui lui fut propre. Il prit ce titre après le combat naval donné à la hauteur de Chipres, où il triompha de Ptolémée et de ses alliés. Mais quoique sa qualité de roi lui permît de faire frapper des monnoies, on ignore s'il fit usage de ce droit du vivant de son père, et avant de s'être emparé du trône de la Macédoine. Ce qui est certain c'est qu'il fit frapper une monnoie d'argent semblable à celle d'Alexandre, et qu'il y substitua son nom à celui du héros, ainsi que son père l'avoit pratiqué pour la monnoie d'or. Cela n'empêcha pas qu'il ne fit usage d'un coin particulier et totalement étranger à Alexandre. Cette monnoie représente d'un côté Neptune debout qui lance son trident, et de l'autre une proue de galère sur laquelle on voit tantôt une Renommée qui embouche la trompette, et tantôt une Victoire qui tient une couronne d'une main et une palme de l'autre; on y lit les mots ΒΑΣΙΛΕΩΣ ΔΗΜΗΤΡΙΟΥ. Cette monnoie appartient incontestablement à ce prince : on ne sauroit en douter, à cause des rapports du type avec celui qu'Antigone avoit adopté.

On connoît avec la même légende deux

autres monnoies, l'une d'or, l'autre d'argent, indubitablement macédoniennes, qui varient seulement par les revers. On voit sur chacune une tête de roi ornée d'un diadème et d'une corne de taureau. Le revers de celle d'argent représente Neptune tantôt assis sur des rochers, tantôt debout tenant son trident. Le revers de celle d'or, qui ne se trouve que dans le cabinet impérial de Paris, offre un cavalier qui galope.

La généralité des antiquaires attribue ces deux dernières médailles à Démétrius Poliorcète : je crois qu'elles appartiennent à Démétrius II, fils d'Antigone Gonatas, et petit-fils de Poliorcète. Deux invraisemblances m'ont frappé dans l'opinion qui a prévalu à cet égard jusqu'aujourd'hui. La première se rapporte au droit de portrait. Démétrius Poliorcète eut-il prétendu seul à un droit que Cassandre son rival, Antigone son père et ensuite Antigone Gonatas son fils, n'auroient pas osé s'arroger ? Rien n'est moins probable.

La seconde invraisemblance n'est pas moindre que la première. Poliorcète ne régna que six ans dans la Macédoine; son petit-fils Démétrius second en régna douze; comment se feroit-il que l'ayeul eût fait frapper toutes les médailles d'or et d'argent que nous avons dans des formes et avec

des coins différens, les unes avec un portrait, les autres avec des symboles religieux
seulement, tandis que le petit-fils qui régna
six ans de plus, n'en auroit fait frapper
aucune ? Observons encore que Démétrius
second régna avec plus de pouvoir et avec
plus de tranquillité que son ayeul Poliorcète,
et dans un temps où le droit de portrait
n'étoit plus contesté.

Il est donc évident que Démétrius Poliorcète et Antigone d'Asie son père s'abstinrent
de placer leurs images sur leur monnoie.
Démétrius second fut le premier de cette
dynastie qui s'arrogea ce droit. Son exemple
fut suivi par Philippe V, son fils, et par
Persée son petit-fils, dernier roi de Macédoine.

La rareté des monnoies particulières à
Poliorcète et à Démétrius second, et notamment de celles d'or, doit au surplus faire
croire que ces deux princes renouvelèrent,
ainsi que les autres copartageans de l'Empire,
celles de Philippe et d'Alexandre.

Séleucus Nicator et Antiochus I son fils.

Après de grandes vicissitudes dans ses
guerres avec Antigone, l'illustre Séleucus,
aidé des forces de Ptolémée son allié, reprit
ses avantages dans la Haute Asie, et il reçut

2

à Babylone le titre glorieux de vainqueur, *Nicator*. A la bataille d'Ypsus, où Antigone perdit la vie, il s'empara des états de ce prince; enfin après la défaite de Lysimaque dans la Phrygie, il devint le maître de presque toutes les conquêtes d'Alexandre, et fonda le puissant empire des Séleucides.

Les monnoies de cette dynastie sont les plus remarquables et les plus utiles à l'histoire, parmi celles que nous connoissons des souverainetés fondées par les successeurs d'Alexandre. Elles nous donnent une suite non interrompue de portraits faciles à reconnoître, soit au moyen de l'ère des Séleucides qu'on y voit souvent marquée, soit au moyen des titres pompeux qui se trouvent à la suite des noms de chaque roi, soit enfin par des rapprochemens et des comparaisons qui deviennent de jour en jour plus fréquens et plus concluens.

Quant à celles de Séleucus lui-même, on ne peut douter que par des considérations politiques et religieuses, il ne fût obligé de suivre l'exemple de ses collégues, en s'abstenant du droit de portrait, et en se servant des coins qui avoient cours pendant la conquête et pendant les dix-huit années qui suivirent.

Ce prince eut néanmoins deux monnoies d'argent qui lui furent particulières. La pre-

mière, de même que celles d'Antigone et
de Démétrius déja citées, est parfaitement
semblable à celles d'Alexandre, c'est-à-dire
que le nom de Séleucus y remplace celui
de son maître. Cette monnoie varia quelquefois sous Séleucus, quant au symbole
que Jupiter tient dans la main droite ; tantôt le Dieu qui est assis porte l'aigle comme
sur les médailles d'Alexandre, tantôt il soutient une Victoire sans changer d'atti-
tude (6).

La seconde monnoie d'argent du règne
de Séleucus représente d'un côté la tête de
Jupiter, et de l'autre Pallas dans un char
tiré par quatre éléphans. La rareté de cette
monnoie et de la précédente, comparée à
l'immense étendue des états de Séleucus, et
à la longueur de son règne, suffiroit pour
prouver que ce prince fut obligé, ainsi que
ses collégues, de renouveler les coins d'A-
lexandre et ceux de Philippe (7).

Quoique Antiochus I, fils de Séleucus Ni-

---

(6) ECKHEL n'a pas parlé de la seconde de ces
deux médailles, quoique le Père FROELICH en ait
fait mention dans les *Annales des rois de Syrie*,
p. 15, ainsi que VAILLANT qui prend la tête
d'Alexandre pour celle de Séleucus.

(7) Une autre monnoie d'argent qui porte le nom
de Séleucus, publiée par HAÏM, et d'après lui par le
Père FROELICH, est incertaine. Elle porte une tête

cator, ne soit pas au nombre des successeurs immédiats du héros macédonien, je dois en faire mention, d'abord, parce qu'il régna dans une partie de l'Asie, dès que son père lui eut cédé sa propre femme Stratonice; et ensuite parce que ce prince est le premier, après Alexandre, qui ait fait frapper des monnoies avec son portrait.

On ne peut révoquer en doute qu'il n'ait été obligé de se servir, comme son père, des anciens coins d'Alexandre et de Philippe. Nous avons aussi, avec son nom, une monnoie qui imitoit parfaitement celle d'argent d'Alexandre. Cette monnoie, frappée sous le règne de ce même Antiochus, dut être renouvelée quand il fut entièrement maître des états de son père (8). Une époque mémorable paroît en avoir fait cesser la fabrication.

Antiochus ayant délivré la Basse Asie des incursions des Gaulois, les habitans de

coiffée d'un casque à mentonnière. Cette tête représente un héros inconnu, mais elle ne ressemble nullement à celle qu'on voit sur une médaille d'or publiée par le même Haim dans son Trésor Britannique, et qu'on peut voir dans le cabinet de M. ALLIER, à Paris.

(8) Le Père Froelich en a publié une de petite forme, qu'il attribue sans aucun motif à Antiochus second. Tab. IV, §. 9.

Sigée célébrèrent ses victoires en lui élevant des autels, et en lui donnant le titre de Soter *Sauveur*. Cet événement, qu'une inscription très-remarquable, rapportée et expliquée par Chisbull, certifie (9), fut spontanément suivi de la fabrication d'une monnoie d'argent frappée par les Sigéens, sur laquelle la tête du roi libérateur est représentée avec des ailes, et avec une touffe de cheveux sur le front, semblable à celle qu'on voit sur les têtes d'Alexandre (10).

Cette médaille est la première que nous puissions croire avec certitude avoir été destinée à perpétuer la mémoire d'un grand événement. Le type des monnoies ayant constamment représenté jusqu'alors les images des Dieux, il dut paroître naturel aux Sigéens d'attester la déification de leur bienfaiteur par ce signe authentique, le plus propre à lui obtenir le respect des peuples. Cet exemple que les Ioniens, sans doute, avoient déja donné au sujet d'Alexandre, après la mort de Darius, fut bientôt suivi par les villes qui jouissoient du droit de faire

(9) *Antiq. Asiat.* p. 49.

(10) Le Père Froelich a cru reconnoître sur cette médaille, dans l'ouvrage déja cité, les traits d'Antiochus II. VAILLANT la donne avec plus de fondement à Antiochus I. *Hist. Reg. Syr.*, p. 24 ; et CHISNULL n'a pas connu la vraie tête de ce roi.

frapper des monnoies, et par les princes
eux-mêmes.

Honoré par le culte que lui rendirent
les Sigéens, Antiochus Soter osa imiter le
héros macédonien, en faisant comme lui
graver des coins qui représentèrent sa propre effigie. Il fut cependant assez modéré
pour n'y admettre aucun des signes de sa
déification, tel que des ailes, et le toupet
de Jupiter; et ce qui autorise à penser que
la première monnoie où l'on voit sa tête,
fut frappée par les Sigéens, c'est qu'elle est
la seule où ce roi ait encore la figure
jeune.

Ses successeurs l'imitèrent, soit qu'ils fussent
déifiés par les peuples, ou qu'ils se pla-
çassent eux-mêmes au rang des Dieux, ce
qui n'étoit plus difficile alors. Chacun de
ces princes fit frapper des monnoies d'argent et de bronze avec son portrait (11).
Quelques-uns y ajoutèrent les symboles de
leur déification, d'autres s'en abstinrent.

Quant aux monnoies d'or, comme on
n'en possède que trois ou quatre des premiers princes de la dynastie des Séleucides,
et qu'elles sont extrêmement rares, on peut

(11) Après Alexandre, Antiochus Soter est aussi
le premier dont le portrait paroisse sur la monnoie
de bronze, de son vivant.

conclure de ce petit nombre, sans crainte d'erreur, premièrement que la monnoie d'or de Philippe et d'Alexandre prévalut encore longtemps dans l'Asie, comme dans la Grèce et dans la Macédoine, et que les Séleucides ainsi que les rois de Bithynie, de Pergame, et plusieurs autres rois dont nous n'avons presque point de médailles d'or, furent forcés de renouveler le coin de ces monnoies macédoniennes, qu'on retrouve encore partout aujourd'hui : secondement, que le petit nombre de celles qui portent les têtes des rois Syro-macédoniens, étoient frappées extraordinairement aux époques des successions au trône, lorsque l'orgueil ou la piété filiale, engageoit les princes à faire l'apothéose de leurs pères : c'est ainsi que le pratiquoient les Lagides. Les Césars ne manquèrent pas d'adopter cet usage ; mais on peut remarquer en cela une différence. C'est que les rois grecs ne plaçoient pas toujours, dans ces occasions solennelles, les attributs des Dieux sur les têtes des personnages déifiés, et qu'ils négligeoient de graver sur les monnoies des légendes propres à indiquer cet acte religieux ; tandis que les Romains, moins énigmatiques, employoient toujours dans les mêmes circonstances, le mot *consecratio, consécration*.

Antiochus Soter, après la mort de Séleucus Nicator, rendit à ce père bien aimé,

à ce chef d'une illustre dynastie, les honneurs
de l'apothéose : c'est à cette époque qu'il fit
frapper une monnoie où la tête de Séleucus,
représenté dans un âge avancé, est ornée
d'une corne de taureau. On a pensé que
cette monnoie avoit été frappée par Seleucus
lui-même. Ce fait est impossible : Séleucus
ne pouvoit pas se permettre un acte que
tous les autres successeurs immédiats d'A-
lexandre s'étoient interdits : ce prince, de son
vivant, ne fut jamais déclaré Dieu ; et s'il
eût fait frapper lui-même cette médaille,
comme une monnoie courante, elle ne seroit
pas, comme elle est, presque introuvable :
un règne aussi long que le sien, et d'aussi
vastes états, nous en auroit laissé un plus
grand nombre.

Lysimaque.

Lysimaque, peu satisfait d'un partage qui
l'avoit resserré dans le pays des Thraces,
agrandit enfin son domaine dans la Basse
Asie, et s'empara aussi de la Macédoine ; mais
cet intrépide guerrier, quoiqu'il eût beaucoup d'enfans, privé de successeurs, ne laissa
après sa défaite en Phrygie, où il perdit la
vie, que les souvenirs funestes de sa foiblesse
pour Arsinoé sa dernière femme, et un trésor
immense, dont hérita l'eunuque Philétaire,

qui lui éleva un monument héroïque, et qui fonda le royaume de Pergame.

Les médailles de ce prince, que nous avons en très-grand nombre, exercent depuis long-temps la sagacité des savans et des artistes. On voudroit savoir avec certitude, si ce roi de Thrace a fait représenter sur les coins de sa monnoie sa propre effigie, ou celle d'A-lexandre. Une longue discussion sur ces in-certitudes, ne peut pas trouver place dans cette Lettre : je me bornerai à quelques réflexions, et à l'aperçu du système monétaire de ce roi.

Tant qu'il ne fut que gouverneur de la Thrace, il ne put faire usage que des coins de Philippe et d'Alexandre : devenu roi, il adopta particulièrement les types de ce der-nier prince, et il y plaça son nom, ainsi que l'avoient pratiqué Antigone d'Asie, Dé-métrius Poliorcète, Séleucus Nicator et An-tiochus I. Il imagina ensuite un moyen plus éclatant d'accorder à l'auteur de sa haute fortune, le culte monétaire, qui, avec des modifications différentes, s'étoit déja répandu dans les pays même qu'Alexandre n'avoit ja-mais soumis à sa domination. Ce fut alors que parurent ces monnoies d'or et d'argent qui représentent d'un côté, la tête du héros ornée du diadême, et de la corne d'Ammon ; et de l'autre, Minerve Nicéphore ou la Victorieuse.

On sait que Lysimaque affecta beaucoup de vénération pour les mânes d'Alexandre; et l'on ne doit pas être surpris, que dans le temps où ses collégues plaçoient sur leurs monnoies les images de leurs Dieux tutélaires, il eût choisi pour type des siennes la tête du nouvel habitant de l'Olympe, en lui donnant des attributs qui rappeloient sa divinité. Il fut en cela plus adroit que ses concurrens. La quantité de ces monnoies, que je n'ai cessé de découvrir dans la Macédoine, dans la Thrace et dans la Basse Asie, et les imitations qu'on en fit en divers lieux, pour le commerce du Pont - Euxin, doivent faire croire qu'elles eurent longtemps dans les marchés, le même crédit que celles qui portoient tantôt les types et les noms de Philippe, et tantôt les noms et les types d'Alexandre.

Seroit-il d'ailleurs vraisemblable que Lysimaque qui régna plus de vingt-cinq ans, se fût toujours fait représenter jeune sur sa monnoie? Comment lui seul auroit-il assez méprisé les opinions religieuses pour se permettre de placer son portrait, avec les attributs de Jupiter, sur sa monnoie d'or, tandis qu'Alexandre lui-même avoit exclusivement consacré ce métal à Minerve? Comment, en outre, aurions-nous tant de monnoies d'or de Lysimaque avec son portrait, et pas une seule d'Alexandre, où l'on trouvât celui de ce héros? Rap-

prochons-nous mieux des idées et de l'esprit
des hommes qui vivoient à l'époque dont il
s'agit : rendons plus de justice à la prudence
et à la politique de Lysimaque, qui vouloit
plaire aux Macédoniens, au lieu de se donner
un ridicule à leurs yeux. Avouons enfin, que
si les médailles où l'on croit reconnoître Lysimaque, représentent un prince toujours du
même âge, c'est parce qu'en effet elles
n'offrent point le portrait de Lysimaque,
mais celui d'Alexandre. (*)

Ptolémée Soter et Ptolémée Philadelphe.

J'arrive, mon cher Confrère, à Ptolémée
Soter, le premier des ayeux du prince à la
mémoire duquel fut consacrée l'inscription
de Rosette. La connoissance du système monétaire de ce chef de la dynastie des Lagides
et celle du système de ses successeurs, vont
nous donner le moyen de reconnoître les
portraits de tous les rois de cette dynastie,
apothéosés à Memphis, dont les noms se
trouvent dans l'inscription.

Convaincu de la satisfaction que vous aurez à considérer tous ces portraits, je les ai
fait graver sur une planche que je joins à
ma Lettre. Le Cabinet Impérial de Paris
possède toutes les monnoies sur lesquelles ils

(*) M. Dumersan a cité cette opinion —
très vraisemblable dans la numismatique

se trouvent. MM. les conservateurs de ce riche cabinet ayant bien voulu se prêter à mes recherches, j'ai eu la liberté de les faire dessiner.

Ptolémée I, surnommé Soter, *Sauveur*, par les Rhodiens, étoit fils naturel de Philippe. Ses vertus civiles et militaires le rendoient digne de cette illustre origine. L'histoire le dépeint comme le plus modeste et le plus religieux des successeurs d'Alexandre. Il seroit difficile de croire qu'avec de pareilles qualités, à peine monté sur le trône, il se fût arrogé le droit de placer son portrait sur la monnoie, malgré l'opinion générale qui regardoit encore cette innovation comme un attentat aux droits de la Divinité. Je crois pouvoir affirmer qu'il ne le fit jamais, non plus que Seleucus, que Cassandre, Antigone et Lysimaque, successeurs immédiats d'Alexandre ainsi que lui.

Aucun de ces princes ne se montra plus pieux que Soter envers le conquérant de l'Asie. Il s'empara de ses dépouilles mortelles; il fit son apothéose, et se plut à lui rendre un culte solennel. Nous ne pouvons douter qu'il ne fît d'abord renouveler la monnoie d'or et d'argent d'Alexandre, et même celle de Philippe : tous les jours on découvre encore en Ægypte des pièces de ces différentes monnoies. Il honora ensuite par un culte monétaire particulier cette nouvelle Divinité, ainsi que le pratiquoit Lysimaque.

Les preuves de ce culte sont parvenues jusqu'à nous ; mais elles ont été mal examinées, et les médailles par conséquent mal placées dans nos cabinets. La principale des monnoies que fit frapper Ptolémée Soter, après avoir élevé un temple au Héros, est une pièce d'argent de première forme, ordinairement très-belle de coin. Elle représente la tête d'Alexandre coiffée de la dépouille de l'éléphant, symbole de l'Ægypte et de l'Afrique : sur le front est placé un diadième, symbole de Bacchus ; plus bas se voit la corne d'Ammon, appropriée au fils de ce Dieu, et dont la partie supérieure est cachée sous la peau de l'éléphant ; le revers présente la Minerve d'Itone lançant le dard. La plupart des successeurs d'Alexandre honorèrent beaucoup cette Déesse ; on la voit aussi sur les monnoies de plusieurs villes libres (12).

Le savant Eckhel avoue que cette médaille a été longtemps attribuée à divers princes qui portoient le nom d'Alexandre. « Per varia « autem regna, dit-il, vagatus est (hic nu-

---

(12) La Minerve d'Itone, telle qu'elle est représentée au revers de la médaille du frontispice de cette Lettre, étoit honorée particulièrement dans la Thessalie, dans la Macédoine et surtout à Pella.

« mus), neque alius magis antiquariorum
« ingenia torsit. » Lui-même a fait erreur :
il donne en effet pour incontestable une
simple conjecture de Pellerin, qui croyoit
que cette médaille avoit été frappée par
Alexandre fils de Pyrrhus.

Eckhel, qui prend la tête du héros macédonien pour celle d'une femme, attaque
en même temps le sentiment du Père Froelich,
qui penchoit pour celle d'Alexandre (13);
mais il se récrie particulièrement sur l'opinion de Beger qui avoit aperçu la corne
d'Ammon. Il ne sera pas inutile de citer encore Eckhel à cet égard. « Begerus, ajoute-t-il,
« in thesauro Palatino, mutato consilio quod
« cornua arietina, capite adstituta, aut vidit,
« aut videre sibi visus est, (ea in utroque
« quem hîc descripsi absunt) eum in the-
« sauro Brandeburgio Alexandri Magni tri-
« buit. »

Le Père Froelich et Beger ont donc, ainsi
que moi, reconnu les traits d'Alexandre sur
cette médaille; mais l'un a hésité, et l'autre
n'a rien prouvé.

Il y a lieu de croire que Soter commença

(13) BAUDELOT DE DERVAL, qui cite POLLUX au
sujet du mot Ἀλεξάνδρειον, rend cette expression par
monnoie des Alexandrins, explication qui me paroît
bien hasardée. *Hist. de Ptol. Aul.*, p. 40. JUL. POL.,
Onom. Segm. 85, l. IX, cap. VI.

à faire frapper cette monnoie, lorsqu'il rendit à Alexandre les honneurs de l'apothéose : elle dut être d'abord une monnoie de consécration, et il est vraisemblable que Soter fit ensuite servir le même type pour une de ses monnoies courantes : elle dut prendre le nom éponimique que des auteurs anciens donnent à la monnoie d'or et d'argent d'Alexandre. Celui ∂'Ἀλεξάνδριον νόμισμα, *Monnoie Alexandrine*. Persuadé, mon cher Confrère, que vous aimerez à avoir sous vos yeux un monument qui s'identifie si bien avec celui de Rosette, je l'ai fait graver, et je l'ai placé à la tête de cette Lettre. Vous trouverez à la fin une autre médaille frappée aussi sous le règne de Ptolémée Soter, et qui représente comme la précédente la tête d'Alexandre. Ces deux médailles varient par la légende : la première porte le nom d'*Alexandre* ΑΛΕΞΑΝΔΡΟΥ; la seconde, qui est de bronze, porte celui de *Ptolémée,* avec ces mots ΒΑΣΙΛΕΩΣ ΠΤΟΛΕΜΑΙΟΥ ; mais, malgré cette différence, si on considère les deux médailles avec attention, on reconnoîtra à la chevelure, au profil, à la corne d'Ammon, et au diadême placé sur le front, que la tête est la même, et qu'elle représente Alexandre. Il est par conséquent évident que si Soter n'a pas mis son nom sur la médaille d'ar-

gent, c'est pour en laisser l'honneur tout entier au conquérant de l'Ægypte , dont il
avoit fait lui-même la consécration (14).

Eckhel n'a pas connu la dernière de ces
médailles : je la trouve seulement dans l'histoire de Ptolémée Aulète par Baudelot de
Dairval. Cet auteur la cite au sujet des dia-
dêmes dont il fait mention à la page 20 ;
mais il n'indique pas le roi à qui elle appartient, et il croit reconnoître sur plusieurs
médailles la tête d'Aulète, qui, si je ne me
trompe, n'existe nulle part.

Parmi les temples que Ptolémée Soter fit éle-

(14) On a attribué à Ptolémée IX, surnommé
Alexandre, une monnoie qui est dans tous les cabinets. Elle représente une tête jeune, coiffée de la
peau de l'éléphant; on y voit un aigle au revers,
et la légende ordinaire ΒΑΣΙΛΕΩΣ ΠΤΟΛΕΜΑΙΟΥ;
mais soit que la plupart de ces médailles soient
frustes, ou que le coin n'ait pas toujours assez ap-
puyé sur le flaon, le diadême, que la tête porte
sur le front, n'a pas été aperçu. On n'a pas non
plus remarqué que ces médailles sont de différens
règnes. Toutes ces considérations, ajoutées à ce que
je viens d'avancer sur le système monétaire de Soter, me font penser que Philadelphe fut le premier
à se servir de ce coin, lorsqu'il supprima la monnoie d'argent qui représentoit Alexandre avec la
dépouille de l'éléphant, pour y substituer celle
qui portoit le portrait de son père devenu Dieu. Le
savant Eckhel a cru que cette médaille représentoit
le génie d'Alexandrie. *Doct.* t. IV, p. 20.

ver à ses Dieux protecteurs, soit à Alexandrie, soit dans le reste de ses états, avec une magnificence royale, on doit remarquer celui où il plaça la fameuse statue de Sérapis qu'il obtint non sans peine des habitans de Sinope. Je ne puis m'empêcher de croire qu'à cette occasion il ne fit frapper le médaillon d'argent qui représente d'un côté les têtes accolées de Sérapis et de Proserpine, ou si l'on veut d'Isis, et de l'autre l'aigle tenant la foudre dans ses serres, avec la légende ΒΑΣΙΛΕΩΣ ΠΤΟΛΕΜΑΙΟΥ. Quoique l'abbé Eckhel ait paru douter qu'on pût admettre cette médaille pour le règne de Soter (15), il ne laisse pas que d'y avoir beaucoup de motifs de la lui attribuer.

Le système monétaire de Soter va être encore mieux éclairci par celui qu'adopta Ptolémée Philadelphe son fils. Ce prince, autant pour honorer la mémoire de son père issu d'Hercule, que pour obtenir plus sûrement le respect des peuples, se hâta après la mort de Soter de célébrer son apothéose à Memphis, où la statue du nouveau Dieu fut placée auprès de celle d'Alexandre ; et il fit rendre les mêmes honneurs à Bérénice sa mère. Nous voyons la preuve de ce fait dans l'inscription de Rosette. Il fit frapper à l'oc-

(15) *Doct. num. pet.* t. IV, p. 24.

3

casion de cette consécration de très-belles
monnoies d'or et d'argent, avec l'image de
son père, et où ce roi est quelquefois qualifié de ΣΩΤΗΡ, *Sauveur*. Pendant tout
son règne, Philadelphe n'employa que ces
mêmes types sur les trois métaux, et à l'exemple de son père, il s'abstint de faire représenter sa propre image sur aucune de ses monnoies, quoique déja Antiochus, roi de Syrie,
se fût arrogé, ainsi que nous l'avons dit,
le droit de portrait sur la sienne. Vous trouverez dans la planche que je vous ai an-
noncée, et sous le numéro 1, une des médailles d'or dont je viens de parler. Soter y
est représenté dans un âge avancé, et tel
qu'il devoit être lorsqu'il abdiqua en faveur
de son fils.

Ptolémée Philadelphe ne fut cependant pas
le seul des rois de ce temps qui donna un
exemple de modestie de ce genre, lorsqu'il fit
graver sur sa monnoie, la tête de son père
plutôt que la sienne. Attale I, à Pergame, en faisant la consécration de Philétaire et d'Eumène I,
leur fit frapper des monnoies d'argent sur
lesquelles on voit les portraits de ces deux
princes, avec le nom de Philétaire sur l'une
et sur l'autre. Tous les successeurs d'Attale
renouvelèrent les mêmes coins sans y rien
changer; ce qui nous prive des portraits
des rois qui régnèrent après les deux chefs

de la dynastie (16). Il est à remarquer encore que la monnoie de bronze, sur laquelle ils ne mirent point de portraits, ne présente pareillement que le nom de Philétaire (17).

Après la mort d'Arsinoé, sœur et femme de Philadelphe, ce prince lui fit rendre les honneurs les plus extraordinaires, et à son exemple les peuples lui firent bâtir un temple où elle fut honorée sous le nom de *Vénus Zéphiritide.*

On pourroit supposer qu'à l'époque de l'apothéose de cette reine, Philadelphe lui consacra le beau médaillon d'or que vous trouverez au numéro 3, sur lequel nous voyons son nom et son portrait; mais cette opinion ne me paroît pas admissible. Philadelphe, qui n'avoit point fait frapper de monnoies soit d'or, soit d'argent, en l'honneur de sa mère, dut à plus forte raison n'en point

---

(16) Aucun antiquaire, jusqu'à présent, n'avoit fait cette observation. PELLERIN, qui a publié plusieurs de ces médaillons, a cru qu'ils représentoient les portraits de divers princes de la dynastie des Attalides, sans oser leur appliquer un nom. Dans le Musée Theupoli, on en a décrit une d'or semblable à celles d'argent. Je serois porté à la juger bonne par cette seule raison qu'elle n'est pas du premier module.

(17) Je possède dix types différens de ces sortes de monnoies, parmi lesquels plusieurs sont inédits.

consacrer à sa femme. De plus, les médaillons
dont il s'agit étant d'une plus grande forme
que ceux que Philadelphe dédia à Soter,
il faudroit croire qu'il auroit voulu accorder plus d'honneur à son épouse qu'à son
père lui-même; et ce fait seroit également
contraire aux idées religieuses adoptées à
cette époque relativement au culte monétaire,
et à l'opinion que nous devons avoir de la
vénération de Ptolémée Philadelphe pour
l'auteur de ses jours. Il est plus que vraisemblable qu'Evergète, fils adoptif d'Arsinoé, lui consacra ce beau médaillon. Ce fut
en effet sous le règne de ce prince que les
temples élevés à sa mère durent être ter-
minés. Il paroît que la monnoie dont il s'a-
git fut souvent renouvelée, du moins jusqu'au règne de Ptolémée VI. On peut en
juger par la quantité qu'on en trouve encore,
et par d'autres circonstances dont je ferai
mention plus bas.

Tyr, Sidon, Tripoli, Rhodes peut-être et
diverses autres villes, firent frapper des
monnoies en l'honneur de Ptolémée Soter,
où l'on voit son portrait; mais il est difficile de croire que ce fût pendant le règne
de ce prince; il ne l'auroit pas permis. Ces
monnoies durent commencer à avoir cours
sous le règne de Philadelphe. Ce roi ordon-
na sans doute que ces villes suivissent le

système qu'il avoit adopté lui-même pour
la monnoie de l'Ægypte. L'hommage rendu
par-là à la mémoire de son père, flattoit sa
piété filiale : il lui convenoit d'ailleurs, à cause
du commerce immense que faisoient les
Ægyptiens, et dans un temps où les anciennes
opinions religieuses subsistoient dans presque
toute leur vigueur, d'acréditer sa monnoie,
par l'image d'un prince déja honoré comme
un Dieu. On reconnoîtra enfin pleinement
quel fut à cet égard le système de Philadelphe, si l'on considère qu'il n'existe pas
aujourd'hui une seule monnoie d'argent, ni
même de bronze qui présente son portrait.

Ptolémée III, Evergète I.

Ptolémée Evergète, prince pieux et vaillant, respecta des usages que la religion
et une sage politique avoient sanctionnés,
et que le peuple approuvoit. A la mort
de Philadelphe, il fit célébrer les fêtes
d'une apothéose devenue héréditaire, à en
juger par l'inscription de Rosette ; et à cette
occasion il fit frapper des monnoies d'or de
diverses grandeurs, qui représentent non-seulement les portraits de son père et d'Arsinoé,
mais encore ceux de Soter et de Bérénice
ses aïeux. Ce fut alors, pour la première
et la seule fois, qu'on vit dans l'Orient des

monnoies d'or à quatre têtes, sur lesquelles on lit les mots ΘΕΩΝ ΑΔΕΛΦΩΝ *des frères Dieux*, légende qui a fait penser à divers savans que Bérénice, dernière femme de Soter, étoit sœur de ce roi, et déja mère de Magas qui fut gouverneur de la Cyrénaïque (18).

Quoique cette monnoie soit connue dans plusieurs recueils, elle devoit trouver place au numéro 4, dans la planche où j'ai réuni les rois et les reines apothéosés en Ægypte, d'autant plus que le module est plus grand que celui des médailles de même métal, que Philadelphe consacra à son père.

Il existe quelques monnoies d'argent, extrêmement rares, sur lesquelles on voit les portraits des Lagides depuis Evergète jusqu'à Philométor inclusivement. On peut croire

(18) Magas, après la mort de Soter, fit frapper en mémoire de sa mère la belle monnoie de bronze très-rare qui se trouve sous le numéro 2. Le monograme qui contient les lettres initiales ΜΑΓ sur cette monnoie, ne laisse aucun doute à cet égard. Pellerin, persuadé que la tête de cette reine étoit la même que celle dont il donne le dessin, dans la même planche, s'est contenté du revers de celle dont il s'agit ici. On reconnoîtra aisément que la comparaison étoit nécessaire, puisque la tête qu'il présente est celle de Bérénice, femme de Ptolémée Evergète, et que l'autre est celle de la femme de Ptolémée I. Voyez le *Recueil des Rois*, pl. V, p. 44.

qu'elles ont été frappées sous le règne des princes dont elles portent les effigies ; mais l'excessive rareté de ces monnoies, qui embrassent cependant quatre règnes, doit nous faire conclure qu'elles n'ont pas été frappées à Alexandrie, pour le commerce des Ægyptiens. Il est vraisemblable que dans des solennités extraordinaires, quelques villes auront demandé la permission de les fabriquer, soit pour témoigner aux princes leur soumission et leur gratitude, soit pour montrer la joie publique au sujet de quelque événement très-important, tel qu'un mariage ou la naissance d'un héritier du trône, soit enfin pour des concessions particulières en faveur de ces villes. Les peuples recherchoient l'occasion de flatter les princes, et d'acheter leur bienveillance par cet hommage religieux.

Un petit médaillon d'argent de cette espèce, ou didragme, qu'on voit dans le Cabinet des Antiques de Paris, offre le portrait de Ptolémée Evergète I ; et une autre médaille, de même métal et de même format, nous présente le portrait de Bérénice, son épouse : je me flatte de le prouver dans l'article suivant.

Malgré ces actes d'adulation et malgré l'exemple que donnoient les rois de Syrie, Evergète et ses successeurs conservèrent constamment le système de Philadelphe, de ne pla-

cer sur la monnoie d'argent courante que
l'image de Soter.

Il n'en fut pas de même sous ce règne,
de la monnoie de bronze. Evergète est le
seul des rois d'Ægypte dont le portrait se
trouve sur des monnoies de ce métal frappées de leur vivant. On peut reconnoître
celles de ce prince à leur forme, à celle des
lettres, au caractère de la tête, et à la finesse
du travail. Elles ont été méconnues, comme
la monnoie d'argent dont je viens de parler, et que vous trouverez au numéro 5. Le
numéro 6 offre la tête de Bérénice son
épouse, qu'on a prise jusqu'à présent pour
le portrait de la première princesse de ce
nom. Le numéro 7, qui est en bronze, représente le même Ptolémée III. Cette médaille est
de moyenne grandeur, et beaucoup plus rare
que celles de plus petite forme que l'on trouve
dans l'histoire des rois d'Ægypte de VAILLANT,
page 145, comme portrait de Ptolémée XI (19).
Enfin les monnoies que ce savant a attribuées
à Evergète I, ne lui appartiennent point :
vous en serez bientôt convaincu.

(19) Si l'on se donne la peine de comparer la médaille que présente ce n.° 7 avec celle de petit bronze
que le même auteur [p. 145] attribue à Ptolémée XI,
et qu'on retrouve de plusieurs formes et toujours de
même métal, on reconnoîtra aisément que ces monnoies appartiennent au règne de Ptolémée III, Evergète I.

Ptolémée Philopator.

Ptolémée Philopator, indigne rejeton de la race de Soter, fit l'apothéose de son père Evergète et de sa mère Bérénice, quoiqu'il eût été le meurtrier de l'un et de l'autre. Memphis reçut ces nouveaux Dieux dans le temple d'Alexandre et de Soter. Le monument de Rosette rappelle clairement cet acte religieux. Il n'est pas vraisemblable que le fils d'un prince aussi célèbre qu'Evergète, et qui affectoit le titre de Philopator, *aimant son père*, n'eût pas solennisé cette consécration par des médailles, ainsi que son père l'avoit pratiqué à l'égard de Philadelphe, d'Arsinoé, de Soter et de Bérénice. Si l'on n'a pas indiqué jusqu'aujourd'hui les monnoies qui durent en rappeler le souvenir, c'est par l'effet d'une erreur. Je retrouve ces monnoies de commémoration dans un beau médaillon d'or qu'on a faussement attribué à Bérénice, fille de Ptolémée VIII, dans un autre médaillon d'or, du cabinet de Colbert, cité par Vaillant, page 145, et qu'il attribue, ainsi que la monnoie de bronze du n.° 7, à Ptolémée XI, surnommé *Aulète*. Le même auteur donne à Ptolémée XII qui avoit pris le titre de *Dionysus*, le petit médaillon d'argent que j'ai cité plus haut, et qui appartient au même Evergète. Vaillant et les autres antiquaires qui ont fait cette erreur, n'ont pas considéré que la beauté des coins annonce une époque où dans l'Ægypte les arts ne s'étoient pas encore beaucoup éloignés de la perfection, et que par conséquent ces diverses médailles ne sauroient appartenir, la première à Bérénice, fille de Ptolémée VIII, la seconde à Ptolémée XI surnommé *Aulète*, et la troisième à Ptolémée XII surnommé *Dionysus*. Tout nous prouve que sous le règne de ces deux derniers princes, et même auparavant, les bons artistes grecs fuyoient un pays affligé par des désordres continuels, et que les arts y avoient dégénéré d'une manière très - remarquable.

Aulète, prince foible et détesté de ses sujets, consuma une partie de son règne à Rome, où il étoit réduit au rôle pénible de suppliant. Ptolémée XII, jouet de Jules-César, ne conserva qu'un instant une ombre de royauté. Pour croire que le médaillon d'or que je présente sous le numéro 8, appartint à Ptolémée Aulète, ainsi que le pensoit Vaillant, il faudroit se persuader, avec cet auteur, que depuis Philadelphe jusqu'à Aulète, aucun prince n'auroit obtenu ou fait frapper de monnoie d'or avec son image : il faudroit croire que huit princes parmi lesquels se trouveroient Evergète et Epiphane, n'auroient

pas joui de cet honneur, et qu'il auroit été
renouvelé en faveur d'un des rejetons les
plus méprisables de la dynastie des Lagides:
il faudroit enfin supposer que deux souverains que l'inscription de Rosette nous dit
avoir été mis au rang des Dieux, n'auroient
pas joui du culte monétaire, et qu'après un
intervalle de près de cent cinquante ans ce
culte auroit été accordé isolément à un prince,
fils d'une concubine, et qui loin d'être reconnu pour Dieu n'étoit réellement qu'un
esclave des Romains. N'est-il pas plus vraisemblable, si d'autres circonstances viennent
d'ailleurs à l'appui de cette opinion, que
cette médaille ait été frappée immédiatement
après celles de Soter et de Philadelphe, par
une suite du système monétaire des premiers
Ptolémées, et pour un prince couvert de
gloire ?

Quel autre roi d'Ægypte, après Soter,
avoit plus qu'Evergète, mérité un pareil honneur ? Quel roi de sa dynastie étendit plus
loin ses conquêtes, et enrichit davantage ses
sujets par le commerce ? Vainqueur sur les
mers, il offrit pendant son séjour à Adulis
des sacrifices à Neptune (20), et parut par-

---

(20) CHISHULL, *Antiq. Asiat.*, p. 82, inscrip. d'Adulis. Ce monument fait mention du soin que prit Evergète de faire transporter dans ses états tout ce qui ap-

tager avec lui l'empire des eaux. Dans sa
marche victorieuse, il pénétra jusqu'aux fron-
tières de l'Arménie. Du Nil aux sources de
l'Euphrate, rien ne lui résista. Ce sont les
emblèmes de ses victoires que nous retrou-
vons sur la monnoie de sa consécration : la
rapidité de ses triomphes le fait comparer au
soleil; il porte tantôt la couronne radiée de
ce Dieu, et tantôt le laurier ; il est honoré
en même temps comme un nouveau Neptune,
et derrière son épaule est placé le trident.
Je ne crains pas de répéter que des attributs aussi magnifiques ne sauroient convenir
à un prince aussi complètement avili que
Ptolémée Aulète. CICÉRON a dit de ce roi :
« *Non animo regio esse, qui neque genere*
« *erat regio.* »

Quant à la monnoie d'argent que j'ai citée
à l'article précédent, et qui est gravée sous le
numéro 5, la couronne de lierre, le thyrse
qu'on voit derrière l'épaule, et le diadême qui
pose sur le front (21), servent également à y
faire reconnoître Evergète I. Il y a lieu de
croire qu'elle fut frappée dans quelque ville

partenoit au culte des Dieux du pays, et que les
Perses avoient enlevé; action si agréable aux Ægyptiens, qu'elle mérita au souverain le titre de bienfaisant ΕΥΕΡΓΕΤΗΣ.

(21) VAILLANT, et aucun antiquaire après lui,
n'avoient aperçu ce diadême.

de la Syrie ou de la Phœnicie, qui en accordant à Evergète les honneurs de la déification, l'assimila à Bacchus (22).

Une inscription qui se trouve au bas d'une statue découverte à Rome, et qui est citée par Vaillant (23), porte le nom d'un Ptolémée avec le titre de ΝΕΟΣ ΔΙΟΝΥΣΟΣ, *Nouveau Bacchus*. Cet illustre auteur veut qu'elle appartienne aussi à Ptolémée Aulète: il se fonde sur la ressemblance de la tête avec les médailles où il croyoit voir ce prince, et sur lesquelles je reconnois Evergète. Ce dernier étoit un allié important des Romains pendant la première guerre punique : il étoit naturel qu'ils cherchassent à la flatter. Le surnom de ΝΕΟΣ ΔΙΟΝΥΣΟΣ se rapporte aux attributs donnés à Evergète sur la médaille dont nous parlons (24).

Philopator, en faisant l'apothéose de sa mère Bérénice, fit frapper le beau médaillon d'or dont j'ai fait mention plus haut, sous le

(22) Il est à remarquer que ni cette médaille, ni celle de Bérénice, femme d'Evergète I, ne sont de forme et de fabriques ægyptiennes. C'est un motif de plus pour ne pas attribuer celle d'Evergète à un prince qui ne possédoit rien hors de l'Ægypte.

(23) *Hist. reg. ÆGypt.*, p. 145.

(24) Il pourroit se faire aussi que la statue dont il s'agit, eût été transportée de l'Ægypte à Rome, sous le règne de quelque Empereur.

numéro 9. Si vous le comparez avec le numéro 2, il vous sera facile de reconnoître que
la Bérénice représentée sur ce numéro 9, n'est
ni la même que l'épouse de Soter, du numéro 2, ainsi qu'on pourroit peut-être le penser, ni la fille de Lathyrus, ainsi que l'ont
avancé divers savans. Cette raison, et d'autres
encore, me font conclure que nous voyons
ici Bérénice, femme d'Evergète I.

Nous n'avons qu'un seul exemplaire d'une
monnoie d'argent où l'on trouve le portrait de Philopator; elle est dans le Recueil
de Pellerin (25). Il est reconnu qu'elle a été
frappée à Tyr dans la Phœnicie. L'extrême
rareté de cette monnoie et l'impossibilité d'en
citer aucune autre de même métal, qui présente le portrait de ce prince, me confir-
ment dans l'opinion que le système monétaire des Lagides fut continué sous ce règne,
c'est-à-dire que Philopator renouvela les coins
des monnoies courantes qui représentoient la
tête de Soter.

Ptolémée V, surnommé Epiphane.

Après le règne exécrable de Philopator,
Epiphane son fils, qui rappeloit le bonheur
public par sa conduite, et qui paroissoit devoir l'affermir par son mariage avec la fille

(25) Rois, pl. V, p. 44.

d'Antiochus III, dut paroître un Dieu sauveur aux yeux des Ægyptiens. Non-seulement
il obtint les honneurs dont il est fait mention
dans l'inscription de Rosette, mais il n'éprouva
aucune difficulté lorsqu'il voulut placer son
père et sa mère au rang des Dieux, malgré la
juste indignation que les crimes de Philopator
avoient inspirée aux Ægyptiens. Nous appre-
nons par les médailles qui se trouvent sous
les numéros 10 et 11, qu'Epiphane leur rendit
aussi les honneurs du culte monétaire. Ces
deux belles médailles, qui sont l'un des plus
précieux ornemens du Cabinet impérial de
Paris, portent les noms de Philopator et d'Arsinoé, sa femme: elles n'ont pas été connues
de Vaillant, et Eckhel n'a fait mention que
de celle d'Arsinoé (26).

Une observation à faire sur ces deux médailles de consécration, c'est que celle de
Philopator ne présente aucun signe qui puisse
faire croire que ce roi ait été assimilé à quelque divinité, tandis que son père Evergète,
et ensuite Epiphane son fils sont représentés
avec des attributs divins (27). Une semblable
retenue qu'on ne pourroit supposer dans un
prince tel que Philopator, s'il eût fait frapper

(26) *Doct. Num. vet.*, t. IV, p. 15.
' (27) Le foudre orne le diadême de Ptolémée Soter, sur une médaille d'or à quatre têtes, du Cabinet
de M. Tochon, à Paris.

lui-même cette monnoie, paroît plutôt l'effet
de la défiance d'Epiphane pour l'opinion
publique, qui n'auroit pas souffert qu'un
prince abhorré fût assimilé à une divinité.

La médaille d'argent extrêmement rare
dont vous avez le dessin dans ma troisième
Lettre, et qui représente la tête d'Epiphane,
me paroît étrangère à l'Ægypte, ainsi que
celles d'Evergète et de Philopator. Plus les
monnoies qui portoient l'image de Soter s'é-
toient répandues dans divers marchés de
l'Asie, et dans l'Archipel, plus il devenoit
convenable et même nécessaire de les renouveler comme monnoies courantes; et c'est ce
que Ptolémée Epiphane ne manqua certai-
nement pas de faire pendant tout le temps de
son règne.

Ptolémée VI, Philométor.

Quoique j'aye dit dans ma précédente Lettre
qu'il n'existe aucune preuve écrite de l'apothéose de Ptolémée Epiphane, et quoique
l'inscription de Rosette fasse mention seulement de sa déification, il est très-vraisemblable qu'après la mort de ce prince, son fils
ne manqua point de lui décerner les honneurs accordés auparavant à tous les rois ses
ayeux.

Il existe au Cabinet impérial de Paris deux

médaillons d'or, l'un et l'autre inédits, sur
lesquels je crois pouvoir reconnoître le portrait d'Epiphane, et qui nous donnent par
conséquent une preuve indirecte de son apothéose. Sur l'un, qui est le numéro 12 de la
planche, on voit d'un côté la tête d'un roi
portant une couronne radiée dont les rayons
sont entremêlés de graines ou de perles; derrière
l'épaule est placé le fer d'une lance; au revers
est une corne d'abondance ornée de rubans
et radiée. Sur l'autre, qui est le numéro 13, se
trouve un portrait parfaitement semblable au
premier; il est orné d'un diadême sur lequel
est un épi de blé; le revers présente l'aigle,
tel qu'on le voit sur les monnoies des premiers règnes. Chacun de ces médaillons
porte le nom d'un Ptolémée ΒΑΣΙΛΕΩΣ
ΠΤΟΛΕΜΑΙΟΥ.

Le portrait ne ressemble ni à celui de Soter
ni à celui de Philadelphe, sur l'authenticité
desquels il ne reste aucun doute; il ne ressemble point à celui que je me crois fondé
d'attribuer à Evergète; il diffère pareillement
de ceux de Philopator et de Philométor que
nous possédons, avec les noms de ces deux rois.
A qui donc peut appartenir ce portrait,
orné d'attributs divins, imprimé sur des monnoies d'or, et très-remarquable par la beauté
de l'exécution?

Pour le donner à un des princes postérieurs

4

à Philométor, il faudroit supposer que quelqu'un d'entre eux eût reçu les honneurs de l'apothéose, et il n'existe sur ce point aucune sorte de preuve ni même d'indice. De plus, l'aigle posé comme nous le voyons ici, tenant la foudre dans ses serres, et sans autre accessoire, ne se trouve plus sur les médailles des Ptolémées, postérieures à Philométor. Sous les règnes suivans, les symboles qui accompagnent l'aigle furent changés plusieurs fois.

Je remarque enfin qu'une monnoie d'argent, unique, portant le portrait de Philométor avec le nom et le surnom de ce roi, nous présente sur le revers la date IΔ qui indique la quatorzième année de son règne. Cet usage de marquer la date du règne sur les monnoies, établi par Philadelphe, avoit été abandonné après lui. Il fut remis en vigueur sous Philométor. La monnoie d'argent dont nous parlons, et qui porte le portrait de ce prince, dut être frappée hors de l'Ægypte, et vraisemblablement par la ville de Ptolémaïs : j'en juge par les lettres initiales Π T, surmontées d'un O, qu'on voit dans le champ du revers (28). Les magistrats de cette ville se conformèrent sans doute à l'usage

(28) Cette médaille, publiée par VAILLANT et par CHISHULL (*Antiq. Asiat.* p. 88), est dans le Cabinet impérial de Paris.

établi sur ce point par Philométor. Au devant des lettres IΔ est placé un *lambda* ainsi
figuré *L*. Cette lettre est, comme vous le
savez, l'initiale du mot grec λυκάβας qui signifie *année*. Si l'on considère avec attention
toutes les médailles d'argent, des rois d'Æ-
gypte, frappées après Philométor, et évidemment reconnoissables, soit à l'incorrection du
dessin, soit à la forme irrégulière des flaons,
soit à la pose moins fière de l'aigle et à la
diversité des symboles qui l'accompagnent,
on trouvera que toutes ces médailles, sans
exception, portent sur le revers une date,
et au devant de la date on verra toujours
la lettre initiale du mot λυκάβας. Cet usage
se conserva jusqu'au règne de Dioclétien. Les
monnoies d'or et d'argent, au contraire, frappées sous les règnes antérieurs à Philométor,
et sur la généralité desquelles on peut admirer le beau style des artistes grecs, n'offrent
jamais ou presque jamais, cette lettre initiale
du mot λυκάβας. Celles de Philadelphe portent des dates, et cette lettre n'y est point (29).
A peine pourroit-on citer quelques médailles

(29) Lorsqu'on aperçoit la même lettre sur des
médailles d'or, on acquiert la preuve que les coins
de ces monnoies furent renouvelés après le règne
de Philométor; on y reconnoît déja de la négligence
dans le style, malgré l'intention d'imiter avec exactitude.

d'or d'Arsinoé, et une de Philopator, où
elle se trouve, tandis que plus de vingt exemplaires connus de la médaille d'Arsinoé ne
portent point de dates, soit qu'on y trouve
la lettre L, ou qu'on ne l'y trouve pas.

Le règne orageux de Philométor qui dura
34 ans, forme un point central qui sépare
deux époques essentiellement différentes dans
la fabrication des monnoies sous les Lagides.
Dans la première de ces deux époques, on
voit des monnoies relatives à des apothéoses;
dans le seconde, on n'en retrouve plus. Dans
l'une, les coins sont ordinairement beaux :
dans l'autre, ils annoncent l'avilissement des
princes régnans et leur indifférence pour
les beaux-arts; les portraits de ces princes ne
paroissent plus.

Le célèbre Vaillant, qui n'avoit pas assez
remarqué cette différence, a attribué à Philadelphe deux médaillons d'argent, qui portent
l'un la lettre L avec les numérales $\Lambda\Theta$, 39, et
l'autre la même lettre L, suivie de $M\Theta$, 49 (30).
Il n'a pas fait difficulté de prendre ce dernier nombre pour une indication de l'ère
des Lagides, et le nombre précédent pour
une date du règne de Philadelphe; il suppose aussi que ce roi avoit, après la mort

(30) PELLERIN en cite deux avec les dates NB, 52,
et NS, 56. *Additions*, p. 79.

de sa mère Bérénice, abandonné cette ère prétendue pour ne faire usage que des dates relatives à son propre règne. « Utinam, dit-il, « illam æram semper secutus esset! Omnes « Ptolemæi nobis facile innotuissent, ut Syriæ « reges, etc., etc. » Le portrait de Philadelphe est connu par les beaux médaillons d'or à quatre têtes que j'ai déja cités, et ce portrait ne ressemble en aucune manière à ceux qui se trouvent sur les médailles que Vaillant attribue à ce roi. Si cet auteur eût observé la différence que j'ai indiquée entre les médailles qui portent la lettre initiale du mot λυκάϐας, et celles où elle ne se trouve point, il auroit abandonné son opinion pour en adopter une plus naturelle. Trop passionné pour la recherche du portrait de chaque roi dont il écrivoit l'histoire, ce savant s'est livré à des illusions qui lui ont fait perdre de vue un principe lumineux qu'il étoit à la veille de saisir, lorsqu'il annonce avec raison que les médaillons d'or à quatre têtes sont du règne d'Evergète, et qu'il ajoute que Philadelphe n'avoit pu se déclarer Dieu sur sa propre monnoie (31). Il a poussé si loin la confiance, qu'il a cru reconnoître, tantôt l'air de l'enfance et tantôt les traits de l'âge

____

(31) *Nam se Deum ut patrem inscriberet.* Hist. Reg. Æg., p. 53.

viril sur des têtes qu'il suppose devoir représenter Ptolémée Epiphane , successivement
enfant et homme fait, tandis qu'elles n'appartiennent toutes qu'à Ptolémée Soter déja
avancé en âge. Voici comment il s'exprime
sur la première des cinq monnoies dont il
donne la gravure à la fin de l'histoire de
Ptolémée Epiphane. « Hic, anno ejus imperii
« primo, percussus est, et puerum exibet
« diadematum. » On aura de la peine à concevoir comment un œil exercé à juger les
chef-d'œuvres monétaires a pu s'écarter ainsi
de toute vraisemblance.

Si vous réunissez, mon cher Confrère,
toutes ces considérations; si vous remarquez
que les deux médaillons dont il s'agit sont en
or, et doivent appartenir à un prince apo-
théosé, qu'ils sont d'une très-belle exécution,
qu'ils ne portent ni des dates ni la lettre initiale du mot λυκάβας, et que par conséquent
ils sont antérieurs à Philométor; si vous remarquez enfin que ces deux médaillons nous
offrent le même portrait, et que ce portrait
ne ressemble à aucun des ayeux de Ptolémée
Epiphane dont les images nous sont connues,
vous conclurez sans doute avec moi que
nous devons y reconnoître les traits d'Epiphane lui-même. Il en est de même du médaillon d'argent que j'ai fait graver à la tête
de ma troisième Lettre; si on le compare aux

deux médaillons d'or du Cabinet impérial, on reconnoîtra sans peine que ces trois monnoies représentent ce même personnage.

On a donné à Epiphane, sur les deux médailles d'or, des symboles relatifs à Apollon, à Mars et à Triptolème (32). L'inscription de Rosette le qualifie de Fils du Soleil; dans celle d'Adulis, que j'ai citée précédemment, Evergète se déclare lui-même fils de Mars : il suit de là cette conséquence singulière qu'Epiphane, fils d'Apollon, pouvoit être issu de Mars par son ayeul.

Je m'étois engagé, mon cher Confrère, à prouver que nous possédons des médailles d'or représentant les portraits de Soter, de Philadelphe, d'Evergète, de Philopator, d'Epiphane et des quatre premières reines de cette dynastie, tous désignés comme Dieux dans l'inscription de Rosette, et que ces médailles sont relatives à leur apothéose. Je me flatte d'avoir réuni assez de preuves pour vous convaincre de la vérité de ces deux propositions. Je crois avoir démontré en même temps qu'il existe dans nos cabinets un assez grand nombre de médailles

_____

(32) Sur une médaille d'argent du Cabinet impérial, on voit au dessus du diadême une couronne d'épis, comme sur la dernière médaille de la planche.

d'argent où nous pouvons reconnoître le portrait d'Alexandre, chef de cette dynastie, et je vous ai fait remarquer notamment le beau médaillon frappé par Soter, sur lequel le héros est représenté comme nouveau génie de l'Ægypte. J'ai dit encore que s'il n'existe point de médaille d'or avec le portrait de ce conquérant, c'est parce qu'il est le premier mortel connu dont l'image ait été placée sur des monnoies, et que ses successeurs imitant en cela son respect pour les Dieux et pour l'opinion publique, n'osèrent pas plus que lui placer sa tête sur un métal qui sembloit encore à cette époque devoir appartenir exclusivement à la Divinité.

J'avois promis enfin de prouver que toutes les médailles d'or que nous possédons de la famille des Lagides, appartiennent uniquement aux cinq rois désignés comme Dieux dans l'inscription de Rosette, et aux reines leurs épouses. Les faits sur lesquels j'ai établi les preuves des deux propositions précédentes, ont dû ne laisser aucun doute sur ce dernier point. On n'a cité jusqu'à présent qu'une seule médaille d'or qu'on a cru postérieure à Ptolémée Epiphane, et on l'a attribuée à Ptolémée XI. J'ai démontré la fausseté de cette opinion.

Quant aux médailles d'argent où nous

voyons des dates précédées de la lettre initiale du mot λυχαϐαὶτος, et qui ont été frappées sous Philométor et sous ses successeurs,
il me paroît certain qu'elles portent toutes
sans exception le portrait de Ptolémée Soter.
L'image de ce prince que les peuples avoient
depuis longtemps l'habitude de respecter
sur la monnoie courante, en rendoit la
circulation plus facile hors de l'Ægypte,
où elle luttoit avec celle qui portoit la tête
d'Alexandre constamment renouvelée, et ad-
mise partout : observation qui n'avoit pas
encore été faite. Les coins de la monnoie
avec l'effigie de Soter, gravés à des époques
successives dans l'espace de deux siècles et
demi, et par des artistes souvent ignorans,
ont dû présenter des différences assez remarquables, quoique le prototype fût le même.
Le portrait de Soter, dans les belles médailles
des premiers règnes, offre toujours un front
large et découvert ; le muscle surcilier est
très-prononcé ; l'œil est profondément enchassé
et très-incliné ; le nez est un peu aquilain ;
la mâchoire est carrée ; le menton élevé dé-
passe beaucoup les lèvres ; la tête, si l'on
excepte ce dernier trait, a beaucoup de
rapports avec celle d'Alexandre, et même
avec celle de Bérénice sa femme ; mais ce qui
la distingue essentiellement, c'est une grande

boucle de cheveux, arrondie sur la tempe, qu'on seroit souvent tenté de prendre pour une corne.

Toutes les têtes que Vaillant a distribuées presque au hasard à divers règnes, portent ces mêmes caractères; et les différences qu'on remarque dans les dessins qu'il en a donnés, ne proviennent que de la négligence des artistes auxquels il avoit confié son ouvrage, ou de l'impéritie des graveurs employés par les derniers princes de la maison des Lagides.

Les motifs qui engagèrent tous ces rois à conserver constamment sur leur monnoie l'image de Soter, les déterminèrent tous successivement à la placer sur la monnoie de bronze. On ne trouve en effet qu'un très-petit nombre de ces monnoies qui présentent le nom de quelques-uns d'entre eux; et Ptolémée Évergète I est le seul, ainsi que je l'ai déja observé, dont le portrait soit sur ce métal. Presque toutes nous offrent ou Jupiter Ammon, père d'Alexandre, ou Alexandre lui-même, coiffé de la dépouille de l'éléphant, ou Soter, chef de la dynastie.

Je pourrois, mon cher Confrère, étendre davantage ces observations; mais ce que j'aurois à dire trouvera sa place dans un ouvrage plus considérable auquel je travaille. C'est là que je développerai les faits que je viens de vous exposer très - sommairement : je suivrai à peu près dans ce nouvel écrit le plan que j'ai adopté dans ma Lettre.

Convaincu par mes propres recherches qu'il n'exista avant Alexandre aucune monnoie des rois grecs, frappée de leur vivant, sur laquelle on trouve leurs portraits, je m'attacherai d'abord à prouver ce fait important. Je chercherai à faire remarquer la simplicité religieuse des mœurs de ces premiers temps, où la monnoie faisoit partie du culte que l'on rendoit aux Dieux protecteurs de chaque contrée; je ferai observer en même temps la marche de l'art. Ma collection seule, qui contient beaucoup de médailles primitives en tous métaux, ou inédites ou mal expliquées jusqu'aujourd'hui, me fournira la plupart des pièces nécessaires pour établir l'histoire monétaire de cette première époque.

C'est en examinant ces premières productions de l'art monétaire, et en les classant avec autant d'ordre qu'il me sera possible, que je chercherai à prouver l'existence de la monnoie d'or, désignée chez les anciens Grecs sous le nom de *statere*. J'indiquerai les subdivisions de cette monnoie. Cet exa-

men m'a paru d'autant plus digne d'attention que le savant Eckhel n'ose pas regarder le mot *statere* comme appartenant à une
monnoie effective. Eclairé par divers auteurs
anciens et par les monnoies elles-mêmes,
j'appliquerai aux monnoies d'or frappées
par les Lagides le nom éponimique qui me
paroîtra convenir le mieux à chacune d'elles,
et j'indiquerai le nombre de *stateres* que
ces diverses sortes de monnoies pouvoient
renfermer.

Nous verrons dans la seconde partie Alexandre, reconnu Dieu de son vivant, permettre
aux peuples de graver son image sur la monnoie à la place de celle des immortels. Nous
observerons l'influence de ce nouveau culte
monétaire sur la conduite des rois qui succédèrent au héros macédonien, et sur la
fabrication des monnoies dans les villes libres,
depuis son règne jusqu'à Jules-César.

Je joindrai à cette partie, des éclaircissemens sur le prétendu règne d'Aridée et sur
les monnoies qu'on attribue à ce prince. Lorsque j'exposerai le système monétaire de chacun des successeurs immédiats d'Alexandre,
on pourra reconnoître qu'ils consultèrent bien
moins, relativement au droit d'image, leur
propre satisfaction, que l'opinion des peuples
et leurs véritables intérêts. Lysimaque et

Soter nous offriront un exemple remarquable de cette retenue.

J'examinerai quelques portraits d'Alexandre qui se trouvent sur des statues, sur des bas-reliefs, sur des médailles et des pierres gravées. Je me flatte de prouver que le pyrrhonisme qui s'est manifesté depuis quelque temps à l'égard des portraits de ce nouvel Hercule, doit céder aux témoignages de la vénération religieuse que tout le monde connu conserva pour lui pendant plusieurs siécles. Comment croire en effet que les monumens du culte rendu à ce héros soient presque tous anéantis, quand on considère qu'il lui en fut consacré un si grand nombre et de son vivant, et pendant plusieurs générations après sa mort?

La troisième partie indiquera les changemens survenus dans l'ancien système monétaire des Romains, dans celui des princes de l'Asie devenus tributaires de Rome, et dans celui des villes grecques, depuis Jules-César jusqu'à Dioclétien.

L'ordre que je suivrai dans chaque partie de cet ouvrage et dans leurs subdivisions, pourra fournir des moyens de classer la plupart des médailles autonomes dans nos cabinets, suivant les époques auxquelles elles appartiennent réellement, et par conséquent avec plus de méthode qu'on n'a fait jusqu'aujourd'hui.

Je m'estimerai très-heureux si par cet essai j'apporte dans la masse des connoissances numismatiques quelques idées qui méritent d'être accueillies. C'est alors seulement que je pourrai m'applaudir d'avoir respiré longtemps l'air de la Grèce, et d'avoir médité, sur le berceau des arts et des sciences, le sujet intéressant qui a tant de fois animé nos conversations au milieu des ruines que nous parcourions ensemble.

P. S. J'ai oublié de vous dire que les médailles semblables à celle dont vous avez vu la gravure à la tête de cette Lettre, et qui est de ma collection, se trouvent toujours en Ægypte. Je dois encore vous engager à faire attention qu'il y a sur ma médaille une contre-marque qui a été appliquée sur la joue de la tête d'Alexandre, et qui représente la fleur de grenadier, type ordinaire des Rhodiens, chez qui cette monnoie a dû être mise en circulation. Ces deux remarques m'ont paru nécessaires pour éloigner toujours plus l'idée que ces sortes de médailles sont de fabrique de l'Epire où l'usage de représenter le portrait des rois ne fut jamais admis.

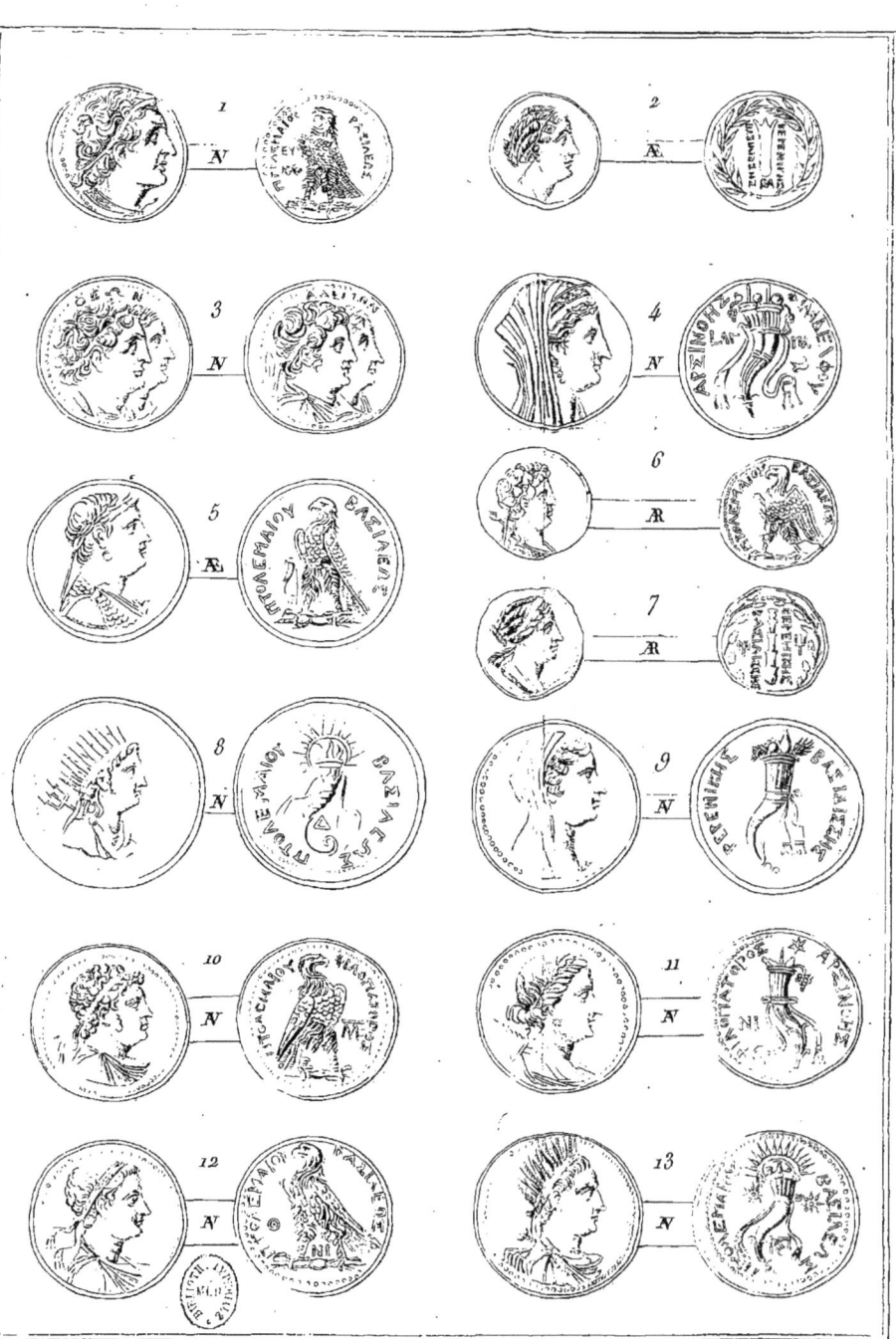

C'est par erreur que j'ai dit que l'on voyoit la corne de taureau orner la tête de Démétrius II, fils d'Antigone Gonatas, sur une médaille d'or unique du Cabinet de Paris. Cette corne ne paroît que sur les médailles d'argent : on pourra s'en convaincre par l'inspection des planches du cinquième volume du Catalogue de M. Mionnet, où l'on trouvera cette médaille gravée par M. Le Cerf.

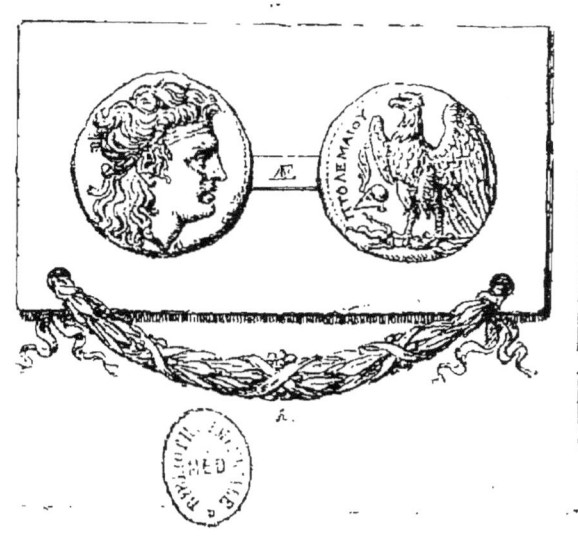

LETTRE

DE

M. COUSINÉRY,

A M. L'ABBÉ SANCLEMENTE,

DE L'ORDRE DES CAMALDULES.

Extrait du Magasin Encyclopédique, Journal pour lequel on s'abonne, chez TOURNEISEN fils, libraire, rue de Seine, n.º 12.

LETTRE

DE

M. COUSINÉRY,

A M. L'ABBÉ SANCLEMENTE,

DE L'ORDRE DES CAMALDULES,

RÉSIDANT A ROME;

Au sujet d'une Médaille sur laquelle on a cru
voir la tête de Cicéron.

A PARIS,

DE L'IMPRIMERIE DE J. B. SAJOU.

M. DCCC. VIII.

LETTRE

DE

M. COUSINÉRY,

A M. l'Abbé Sanclemente, *de l'Ordre des Camaldules, résidant à Rome; au sujet d'une Médaille sur laquelle on a cru voir la tête de Cicéron.*

Mon très-révérend Père,

Je vous dois des remercîmens pour la lettre obligeante que vous m'avez écrite, et que vous avez bien voulu faire imprimer dans votre savante dissertation sur le Portrait de Cicéron. Ce témoignage de votre estime et de votre souvenir me flatte d'autant plus que vous avez justement acquis un rang distingué parmi nos plus habiles antiquaires. Il n'a manqué à la plénitude de ma satisfaction que de pouvoir adopter entièrement vos idées sur la question principale que vous avez traitée dans cet ouvrage.

J'aurois voulu partager mon admiration entre le monument où j'aurois vu l'image de

Cicéron, et le savant écrit qui m'auroit offert les moyens de la reconnoître; mais si je n'ai pas été convaincu, si je persiste à penser qu'au lieu de la tête de Cicéron la *médaille des Magnésiens du Sipyle* ne nous présente que celle de *Jules - César ;* quel que soit le mérite de l'opinion dont je ne puis me départir encore, vos recherches dans lesquelles vous avez embrassé une foule d'objets de la plus haute importance, n'auront pas moins jeté de grandes lumières sur la science de l'antiquité. Vous n'avez rien laissé à desirer dans le sujet que vous avez si bien développé, et en mon particulier je vous sais beaucoup de gré d'avoir fait connoître l'ami intime que Cicéron avoit à Magnésie, dans la personne du rhéteur Dionysius, le même sans doute qui fut sous le règne d'Auguste prêtre de ce prince ΙΕΡΕΥΣ ΣΕΒΑΣΤΟΥ, ainsi qu'il est qualifié sur une médaille de ma collection qui a été citée par M. SESTINI; mais ce qu'on ne savoit pas encore, c'est que ce Dionysius eut un fils de même nom qui fut aussi prêtre d'Auguste, ainsi que le prouve une seconde médaille également de ma collection, où on lit ΔΙΟΝΥ.... ΔΙΟΝΥΣΙΟΥ.

Avant d'avoir reçu votre ouvrage, j'avois déja communiqué à M. Visconti, ainsi qu'à divers savans de Paris, un mémoire que j'a-

vois composé à mon retour de Rome, d'a-
près les idées que vous me connoissiez et
que vous venez de combattre. Si je hasarde
aujourd'hui de vous adresser ce mémoire tel
que je l'avois fait d'abord, c'est d'après la certitude où je suis que vous aimerez à prendre
une connoissance plus étendue de mes motifs, et d'après l'opinion reçue que sur les
questions où les conjectures jouent le plus
grand rôle, c'est au tribunal des savans
qu'il est convenable et toujours utile d'en
présenter la discussion.

Il seroit inutile de revenir dorénavant sur
l'authenticité de la médaille qui fait le sujet
de la question : son intégrité est aujourd'hui
prouvée non-seulement par vos solides réflexions, mais encore par l'opinion des antiquaires de Paris ; et si je laisse subsister
dans mon mémoire les observations que j'a-
vois faites précédemment à cet égard, c'est
pour ne rien changer au plan que j'avois dû
suivre. Je me flatte qu'après avoir pris lec-
ture de ce petit ouvrage, vous y reconnoî-
trez si non les moyens de vous convaincre,
du moins la justification plausible de mes
doutes relativement à l'existence du portrait
de Cicéron sur une monnoie.

J'encourrois le blâme que mérite une obs-
tination sans motifs, si je ne vous présentois

ceux qui m'ont empêché de me ranger à
votre avis ; et je manquerois de franchise, si je
ne me permettois encore quelques réflexions
sur les principaux endroits de votre ouvrage
qui m'en ont paru susceptibles : c'est ce que
je vais faire.

Obligé de convenir que Cicéron n'avoit
point fait d'actions assez éclatantes pour que
l'on dérogeât en sa faveur à l'usage qui s'op-
posoit à ce que le portrait d'un homme vivant
fût sur la monnoie, vous avez pensé que la
médaille dont il s'agit pourroit avoir été
frappée sous le règne d'Auguste, à l'époque
d'une commémoration religieuse que les Magnésiens auroient célébrée en l'honneur de ce
grand homme. Mais pouvons-nous aisément
nous persuader que les cliens du célèbre
orateur romain, eussent affecté un acte de
reconnoissance aussi extraordinaire et aussi
tardif, sous le règne d'un prince à qui seul
les Grecs étoient jaloux de plaire ; et pourrons-
nous croire que les habitans de Magnésie qui
avoient déifié Auguste, qui lui avoient bâti
un temple, dont Dionysius étoit le pontife,
pourrions-nous croire, dis-je, que les Magnésiens se fussent persuadés qu'ils plairoient
à leur nouveau Dieu vivant, en réveillant ses
remords sur le meurtre de Cicéron, dont il
s'étoit souillé.

D'ailleurs est-il assez prouvé que le fils de Cicéron ait jamais voyagé dans l'Asie sous le règne d'Auguste, voyage qui vous paroît devoir être l'époque et le motif de la fabrication de notre médaille? J'aime à croire que Cicéron a eu les honneurs d'une statue à Magnésie; mais il m'est permis de penser que la puissance de Jules-César et d'Auguste devoit interdire aux Grecs toute démonstration religieuse et solennelle, comme l'étoit celle de la fabrication d'une monnoie envers des patrons, même après leur mort.

La légende employée sur le revers de là médaille m'empêche de croire que ce monument soit postérieur à Jules-César; je me fonde sur le pronom ΤΩΝ placé devant la préposition ΑΠΟ. Ce style élégant désigne une époque antérieure au règne d'Auguste. Sous ce règne, les Magnésiens firent frapper beaucoup de monnoies sur lesquelles ils n'employèrent jamais que la simple préposition ΑΠΟ, c'est-à-dire qu'au lieu de la leçon ΜΑΓΝΗΤΩΝ ΤΩΝ ΑΠΟ ΣΙΠΥΛΟΥ, qu'on lit sur notre médaille, on n'y voit constamment, ainsi que sous les empereurs suivans jusqu'à Gallien, que la simple légende ΜΑΓΝΗΤΩΝ ΑΠΟ ΣΙΠΥΛΟΥ. Quelquefois même on a supprimé la préposition, et l'inscription a été réduite à ces deux mots, ΜΑΓΝΗΤΩΝ ΣΙΠΥΛΟΥ. D'ailleurs, si la médaille étoit de l'époque que vous indiquez, seroit-il vraisemblable que le nom de Théodore, magistrat de la ville de Magnésie, qui la fit frapper, ne reparût plus sur celles qui furent fabriquées sous le règne d'Auguste ?

.J'ai éprouvé aussi de la répugnance à adopter l'explication que vous donnez au type de ce même revers, que l'abbé Eckhel trouvoit si extraordinaire. Quelque ingénieuse que soit cette explication, elle m'a paru s'écarter des lois, des usages, et surtout des constitutions religieuses de la Grèce. Je ne crois pas que vous ayez assez prouvé que le type d'une médaille fut jamais destiné à rappeler les qualifications d'un magistrat éponyme. On ne peut s'écarter à cet égard de l'idée simple que tout étoit strictement religieux sur la monnoie grecque dans la composition des types, et dans l'emploi des symboles : la tête des rois n'y étoit placée que par adulation et par l'admission d'un culte monétaire que depuis Alexandre les rois partageoient avec la divinité : or, le maître des nations et de Rome elle-même, Jules-César, pouvoit seul jouir de cet honneur, et les symboles employés sur la monnoie qui lui étoit consacrée, ne pouvoient avoir rapport qu'à lui seul, ou à des circonstances religieuses qui le concernoient.

Vous verrez dans le cours de mes observations que j'admets une sorte de phénomène numismatique qui n'a point été remarqué jusqu'à présent par les antiquaires ; c'est que les Grecs dérogèrent à leurs principes relatifs au culte monétaire, en faveur de Titus Quinctius Flaminius; mais vous remarquerez que ce général romain étoit le sauveur de la Grèce, et que Cicéron n'étoit que le patron d'une seule ville de l'Asie.

Je ne saurois terminer ma lettre, sans vous entretenir un moment de la différence que vous avez cru voir entre les traits donnés à Jules-César sur la plupart de ses médailles, et l'image qu'on a prise jusqu'à présent pour celle de Cicéron.

L'impéritie des anciens graveurs monétaires et celle des dessinateurs modernes qui les ont copiés, ont laissé beaucoup à desirer pour la ressemblance d'un grand nombre de portraits. Les monnoies d'Alexandre, et la plupart de celles de ses successeurs, nous donnent la mesure de cette imperfection; quoiqu'en général le coin de ces dernières soient de la main d'artistes supérieurs à ceux qui ont gravé au commencement de l'empire romain.

En effet, si l'on considère avec soin la tête

représentée sur la médaille dont nous parlons, on n'y trouvera rien de remarquable quant à l'exécution; mais si on la compare avec des médailles de Jules-César, on y verra les traits caractéristiques qui font reconnoître la tête de cet empereur sur tous les monumens. L'intention de l'artiste se montre dans les principales masses. L'angle de la mâchoire inférieure est très-reculé et posé perpendiculairement sous l'oreille; le nez est aquilin et un peu alongé; la lèvre inférieure est bien prononcée; le menton enfin est petit et bien arrondi, et les rides qui se trouvent à côté du nez et de la bouche, sont figurées à peu près de la même manière. Ces signes se retrouvent dans les gravures même les plus négligées de la tête de ce prince. Pourroit-on reconnoître les traits de Jules-César et ceux d'Auguste sur le plus grand nombre des gravures qui ont été faites d'après des médailles?

La tête placée sur la monnoie des Magnésiens n'est pas chauve, et l'on n'y voit aucun ornement; mais les Grecs ne pouvoient pas adopter l'idée de représenter un héros déifié avec une tête chauve; et aucune médaille grecque, frappée du vivant de César, ne le représente couronné de lauriers, du moins il n'est pas à ma connoissance qu'on en trouve de semblables.

Les remarques relatives à l'art, ne sont pas les seules qui m'ayent fait reconnoître l'erreur où j'ai été moi-même sur le portrait de Cicéron. J'ai été désabusé à l'inspection de la médaille frappée par les Nicéens de la Bithynie en l'honneur de Jules César, sous le proconsulat de Caïus Vibius Pansa. En comparant cette monnoie avec celle dont il est question ici, j'aperçus une telle identité de physionomie que ma première pensée fut que j'avois fait la découverte d'un nouveau portrait de Cicéron. Cette erreur fut de courte durée, car je sentis bientôt que la médaille de Nicée, reconnue généralement pour appartenir à Jules-César, devoit nécessairement l'emporter sur une médaille dont la tête offroit des sujets de doute. Le dessin que vous avez eu la bonté de me faire parvenir de la première de ces médailles est bien loin de ressembler pour l'air de tête à celle qui est dans ma collection. Ce dessin n'a apporté aucun changement à l'idée que je m'étois faite en comparant les deux monnoies qui m'appartiennent, et que je n'ai pas à présent sous les yeux.

Si je vous envoie un nouveau dessin de la médaille des Magnésiens, pris sur un des trois exemplaires que l'on conserve dans le Cabinet impérial de Paris, c'est afin qu'en le confrontant avec tous ceux que vous avez déja, vous puissiez reconnoître combien ils diffèrent entre eux, et que vous soyez mieux à portée d'apprécier les observations suivantes que je soumets à votre jugement et à votre amour pour la vérité.

Je suis, autant de respect que d'attachement,

Mon très-révérend Père,

Votre très-humble et très-obéissant serviteur,

COUSINÉRY.

OBSERVATIONS

Sur une Médaille de Jules-César, où quelques Savans ont cru voir le Portrait de Cicéron.

Parmi le grand nombre de médailles qui s'accumulent chaque jour pour déposer de la célébrité des Grecs, non moins que pour constater leur décadence et la dégradation des arts, suite inévitable de la dégradation des hommes; il en est dont l'explication présente de grandes difficultés : telles sont principalement celles où la légende n'est point d'accord avec la tête qu'elle entoure. On ne sauroit parvenir à expliquer les monumens de ce genre, que par le rapprochement de diverses circonstances qui échappent quelquefois aux hommes les plus instruits.

Au nombre de ces dernières, il en existe

une très - remarquable, sur laquelle, ainsi
que beaucoup d'autres antiquaires, trompé
par la légende qui porte le nom de *Cicéron*,
j'avois cru quelque temps apercevoir le portrait de ce célèbre orateur. Ayant acquis
moi-même cette médaille, sur les ruines de
Magnésie de Lydie où elle a été frappée ;
séduit par une illusion agréable que je cher-
chois à entretenir, j'ai étudié ce monument
avec soin, et j'ai donné la plus grande attention à m'assurer de son intégrité. Lorsqu'enfin j'ai été désabusé au sujet de la
réalité du portrait de Cicéron, il ne m'a pas
été difficile de découvrir que, sans rejeter la
légende, on pouvoit reconnoître dans cette
tête les traits d'un personnage également illustre.

Dès que j'eus fait l'acquisition de cette
médaille, je m'empressai d'en faire passer la
description au savant abbé Eckhel, direc-
teur du cabinet d'antiquités de Vienne. Ce
numismate, justement célèbre par des ouvrages qui ont obtenu l'approbation générale,
rale, se contenta de me remercier de mon
attention : j'eus lieu d'être surpris, quelques
années après, de le voir dans son *Doctrina
Num. Vet.* (t. 5, p. 327 et suiv.), déclarer
cette monnoie fausse, principalement par la
raison que TRISTAN DE SAINT-AMAN, le père
PEDRUSI, WINCKELMANN et d'autres avoient

pris la tête qu'elle représente pour celle de *Cicéron*, d'après la légende qui l'accompagne.

L'abbé Eckhel commence par déclarer qu'il ne connoît de médailles légitimes de Cicéron que les pro-consulaires, autrement connues sous la dénomination de *Cistophores;* il décrit, dans le plus grand détail, tous les exemplaires connus de celle dont il s'agit; il s'engage ensuite dans une réfutation dont voici les moyens :

Quel rapport, dit-il, peut-on trouver entre Magnésie et Cicéron ?

Cicéron étoit pro-consul de Cilicie, et Magnésie n'étoit pas de son département.

Cicéron s'étoit toujours refusé à ce qu'on lui accordât les honneurs publics.

Un homme qui n'avoit jamais souffert qu'on lui élevât aucun monument dans l'Asie, y auroit-il accepté la dédicace d'une médaille ? auroit-on osé la lui proposer sous le gouvernement de la république?

C'est sur de pareils motifs, et sur celui encore que le revers de la médaille est insolite, que l'abbé Eckhel fonde son opinion, Il n'hésite point à déclarer que tous les exemplaires de la médaille dont nous parlons sont faux, il les qualifie sévèrement d'*adulterinos partus*.

Je me suis proposé de prouver contre cette

2

opinion 1.º que toutes ces médailles sont légitimes; 2.º qu'au lieu de représenter la tête de Cicéron, elles offrent celle de Jules-César; 3.º que les habitans de Magnésie du Sipyle avoient eu des motifs particuliers pour rendre les honneurs divins au héros de Pharsale, et pour faire frapper une monnoie pendant les fêtes qu'exigeoit cette déification. La légende du côté de la tête, et le type du revers m'ont paru faciles à expliquer, sans contrarier les notions acquises sur les lois monétaires des anciens.

Il paroît que l'abbé Eckhel, qui avoue n'avoir eu sous ses yeux aucune des médailles dont il s'agit, et dont il ne connoît que quatre exemplaires, a établi principalement son jugement sur l'hypothèse, qu'il seroit sans exemple qu'un républicain romain, avant Jules-César, eût eu le droit d'effigie sur la monnoie, si ce n'est dans le cas de commémoration (1). Il y a plusieurs erreurs dans les motifs sur lesquels s'est fondé ce savant. Premièrement, sur la légitimité de la médaille; en second lieu, sur l'existence du portrait d'un Romain sur aucun métal monnoyé avant l'empire romain; et en dernier

_____

(1) *Præsidum pàtronumque frequenter legimus nomina, at ignoramus vultum.* Eckhel, Doct. Num. Vet. t. 5, p. 329.

lieu, sur les rapports qu'il pouvoit y avoir entre les Magnésiens et l'immortel orateur. C'est en combattant ces erreurs, que j'espère de parvenir au but que je me suis proposé, pour l'explication du monument sur lequel les opinions sont si différentes.

Sans faire mention de ma propre expérience sur les moyens de reconnoître les divers genres de supercheries employés par les faussaires de médailles ; sans tirer avantage de ce que j'ai acheté sur les lieux la médaille dont il s'agit, je crois qu'il est aisé de prouver que les exemplaires qui en existent, sont tous d'une antiquité incontestable. L'abbé Eckhel, en jugeant trop rigoureusement des objets qu'il n'avoit jamais eu sous les yeux, n'a pas remarqué que des médailles trouvées à des distances et à des époques très-éloignées, peuvent difficilement être soupçonnées de fausseté. Il auroit pu observer encore que l'exemplaire cité par *Antoine* Faber étoit extrêmement fruste, et qu'il n'étoit pas vraisemblable qu'un tel état de dégradation fût un effet de l'art d'un faussaire ; il étoit encore moins fondé à méconnoître la légitimité de celui qui est conservé à Ravenne, puisqu'il paroît faire quelque cas de l'opinion de *Jacob* Blancani qui le regarde comme authentique.

Je puis certifier que M. l'abbé Sanclemente, de l'ordre des Camaldules, dont les connoissances en antiquité sont profondes, et qui, pendant mon séjour à Rome, m'a très-gracieusement communiqué son beau cabinet de médailles grecques, est convaincu de l'erreur de l'abbé Eckhel sur la médaille de Ravenne, qui appartient au couvent de son ordre, et qui est citée par Winckelmann (2).

Quant au père Pedrusi, écoutons-le lui-même sur sa propre conviction à l'égard du premier exemplaire de la même médaille qui ait été connu, et qui, du Cabinet de *Fulvius Ursinus*, passa à celui de Parme. « Je suis « bien persuadé, dit ce savant, qu'à la seule « inspection du titre donné à cette médaille, « on sera frappé d'étonnement, et qu'enfin « l'étonnement se changera en mépris par « l'opinion de la fausseté de ce monument. « On connoît en effet divers coins faux qui « offrent une prétendue tête de Cicéron, et « je puis assurer que plusieurs exemplaires « m'en ont passé par les mains ; mais il ne « s'agit pas ici d'un fruit de pareilles four- « beries, il ne s'agit pas non plus de mon « approbation particulière, puisque mon opi- « nion pourroit paroître ou partiale ou pas- « sionnée ; je m'appuie du jugement d'une

_____

(2) *Lettres.* Première Partie, p. 172 ; édition de Dresde.

« personne très-versée dans la connoissance
« de l'antique, et qui ne me permet pas de
« la nommer : elle a prononcé affirmative-
« ment que notre médaille est hors de tout
« soupçon de fausseté. Que, si malgré ce
« que j'avance, il pouvoit encore rester des
« doutes sur son intégrité, il ne me reste
« qu'à prier les personnes que je n'aurois
« pu convaincre, de venir au Cabinet de
« Parme pour s'éclaircir par leurs propres
« yeux. » « Sono ben persuaso, dit-il, che
« alla prima veduta del titolo di questa me-
« daglia, alcuni s'inarcheranno le siglia, ne
« si finira che la maraviglia passera in dis-
« prezzo, ributando nel loro concetto la me-
« daglia, e condanandola per falsa; mentre
« infatti si vedono medaglie col'impronto di
« Cicerone, e sono chiaramente spurie, e ta-
« luna di esse e venuta anche soto la mia
« inspezione. Tuttavia qui non siamo in
« simil caso, ne perdar credito alla pre-
« sente medaglia, voglio in adurre l'apro-
« vazione mia, perche sarebbe falcimente
« giudicata o parziale o passionnata, ma
« bensi d'altra personna che non mi per-
« mette il nominarla, la quale, senza eczione
« veruna, e intendentissima del antico, e co-
« me tale rispettata de ognuno. Dopo averla
« considerata e attentemente esaminata la di-
« chiarata sincera antica e indubitabilmente

« legitima. Che se poi questo nepur basta
« per rimovere ogni dubio; io non o che
« agguingere fuor che una riverente Prighiera
« a venire chi ne dubita, a chiarusi del vero
« col proprio sguardo (3). »

La surprise du père Pedrusi, à l'aspect
d'un monument qui lui paroît si extraordinaire, à cause de la tête qu'il croyoit devoir
être le portrait de Cicéron, lui fait suspendre
son propre jugement, et ce n'est qu'après
celui d'un Antiquaire très-expérimenté, qu'il
ose hasarder son invitation.

MM. les Conservateurs du Cabinet de Paris,
qui ne doutent nullement de l'antiquité du
coin de notre médaille, pourroient faire la
même invitation, sans craindre de compro-
mettre l'autorité des divers savans qui les
ont précédés, et qui étoient bien loin de
soupçonner de fausseté les trois exemplaires
de la même monnoie que l'on conserve dans
ce cabinet, le premier de l'Europe. Si M. l'abbé
Eckhel avoit eu l'occasion de visiter cette riche
collection, il auroit beaucoup plus enrichi sa
précieuse *Doctrine Numismatique*, et la question de fausseté n'auroit jamais été agitée; il
auroit reconnu que ces trois exemplaires se
servent réciproquement de preuves, pour faire
constater leur authenticité.

(3) *Cabinet de Parme*, t. 8, tab. II, fig. 8.

Ajoutons encore, contre les motifs que
présente ce savant numismate pour rejeter
notre médaille, qu'il n'est pas sans exemple,
comme il l'a cru (4), que les Grecs aient
jamais admis l'image d'un citoyen romain
sur la monnoie dans le temps de la république. Le plus grand nombre des Antiquaires
a ignoré jusqu'à ce jour, que le même Titus
Quinctius Flaminius, que cite à cet égard l'abbé
Eckhel, avoit obtenu cet honneur. Ce général, après avoir forcé Philippe, fils de Démétrius, à subir le joug des Romains, fit
proclamer par des hérauts que la Grèce étoit
libre. La joie que causa une liberté aussi
desirée qu'inattendue, et l'enthousiasme gé-
ral qui en fut la suite, valurent au consul
romain, suivant le témoignage de Plutarque,
les honneurs de la déification. Les Grecs crurent, dans cette circonstance, qu'ils pouvoient
déroger aux lois monétaires en faveur du héros qui les délivroit de la tyrannie macédonienne, et qui les rendoit à leurs anciennes
lois : ils lui élevèrent un temple à Chalcis,
et firent frapper en son honneur une monnoie d'or sur laquelle nous voyons son portrait ; il en existe à ma connoissance deux

---

(4) *Tit. Quinctio Flaminio chalcidenses Euboeæ,
ob adversum se merita, honores divinos habuere; at
caput ejus inserere monetæ ausi non sunt.* ECKHEL.
Doct. num. vet. t. 5, p. 229.

exemplaires : le premier qui ait été découvert, se trouve depuis longtemps dans le Cabinet impérial de Paris, et le second, acquis depuis peu dans la Macédoine par M. Ca-
rabet Drogman au service de France, est encore à Constantinople. Voici la description
de cette précieuse médaille.

Tête nue et barbue du consul romain sans
légende. Ɍ. T. QUINCTIO, la victoire mar-
chant à gauche, tient de la main droite une
couronne de laurier, et de la gauche une
palme.

Cette monnoie, dont la légende est votive,
ressemble par la forme, le poids et le métal,
à celles de Philippe et d'Alexandre, et par
le type du revers à celles de ce dernier prince;
je me propose d'en donner une explication
où je prouverai que la découverte de ce
phénomène numismatique, bien loin d'infirmer l'opinion que je vais émettre sur la
tête de Jules-César, entourée du nom de
Cicéron, ne sert au contraire qu'à la consolider et à constater l'erreur du savant Eckhel
sur la légitimité de la médaille des Magnésiens.

L'opinion de fausseté sur cette médaille
ne pourroit donc plus se maintenir qu'autant
qu'elle porteroit incontestablement l'effigie de
Cicéron ; or, il n'existe point d'objet de comparaison qui soit généralement avoué; puis-

que, suivant le témoignage de l'abbé Eckhel lui-même (5), et suivant l'avis plus récent de divers antiquaires, on ne connoît point de buste antique, ni de pierre gravée qui offre la tête de ce grand homme, quoiqu'on ait publié beaucoup de monumens où l'on s'étoit flatté de la trouver. Mais si au lieu de cette tête on pouvoit reconnoître celle de Jules-César, la contradiction apparente qui existe entre la tête et la légende de cette médaille ne pourroit-elle pas cesser? La réunion de la légende et du portrait ne seroit-elle pas justifiée par des exemples qui se renouvellent quelquefois sous le règne d'Auguste, c'est ce qu'il sera aisé de prouver par les monumens et par l'histoire.

La liberté de Rome expiroit; César étoit entré en maître dans la capitale du monde; tout sembloit annoncer aux nations subjuguées une révolution prochaine. Tous les yeux étoient fixés sur le héros dont le Sénat avoit reconnu l'ascendant irrésistible, en lui accordant jusqu'aux honneurs divins. Le vainqueur étoit aussi l'idole des provinces; que de vœux à lui adresser! que de moyens à employer pour se le rendre favorable!

Quelque grand, quelque puissant que fut l'objet vers lequel tant d'intérêts se por-

(5) *Id.* p. 330.

toient, l'hommage public que les villes de la
Grèce étoient empressées de rendre à ce nouvel
Alexandre, ne put cependant prendre tout
l'essor qui se manifesta ensuite sous le règne
d'Auguste. Des considérations multipliées s'op-
posoient encore au culte monétaire que toutes
les villes de la Grèce auroient desiré lui
rendre; c'est ce que la rareté des monnoies
frappées dans l'Orient en l'honneur de ce
prince, semble nous indiquer.

Cependant plusieurs villes telles que *Nicée
de Bithynie, Æzanis de Phrygie* (6), *Magnésie de Lydie* et quelques autres, firent
frapper des monnoies où la tête de César
sans légende occupe la place de la divinité
tutélaire. En effet, quel nom lui donner ?
César n'avoit pas encore fait connoître celui
qu'il ambitionnoit, et on pouvoit, sans en-
courir le reproche d'adulation, l'assimiler à
la Divinité, puisqu'à l'instar des rois de la
Grèce, il avoit obtenu cet honneur de ses
concitoyens, et qu'il s'étoit, à l'exemple
d'Alexandre, donné lui-même une origine
céleste : on sait combien les peuples étoient
alors portés à croire à ces généalogies.

Ajoutons que le système monétaire adopté
dans cette partie de la domination romaine,
étoit sur le point de changer, ainsi que celui

(6) Médaille inédite de ma collection.

de Rome; que les monnoies de cette époque annoncent cet état d'incertitude et de nouveauté qui est ordinairement l'un des signes des révolutions, et que c'est à l'inattention des savans sur cette nouvelle marche, qu'il faut attribuer l'erreur que je cherche d'écarter.

J'ai, dans ma collection, une médaille frappée dans la Bithynie sur laquelle on lit ΝΙΚΑΙΩΝ autour de la *tête de Jules-César*, au revers ΕΠΙ ΓΑΙΟΥ ΟΥΙΒΙΟΥ ΠΑΝΣΑ avec le type de la victoire et à l'exergue, l'époque bithynienne ΕΔΣ 235. GALLAND en a publié une semblable, et VAILLANT une autre où il auroit dû lire ΝΙΚΟΜΗΔΕΩΝ, au lieu de ΠΕΡΓΑΜΗΝΩΝ, ainsi que sur celle qui a été publiée par MOREL. Tous ces différens auteurs s'accordent à reconnoître la tête de Jules - César sur la monnoie qu'ils décrivoient, et c'est cette tête, comparée avec celle de la médaille des Magnésiens du Sipyle, qui a fait disparoître à mes yeux le portrait de Cicéron.

Muni de ces autorités, il ne me sera plus si difficile de concilier les motifs de la fabrication de la monnoie des Bithyniens, avec ceux que purent avoir les Magnésiens d'en consacrer une au même prince, en lui accordant les honneurs divins, ainsi que l'avoient déja pratiqué les premiers, les uns sous la préture de Pansa, les autres pendant la magistrature de leur concitoyen *Théodore*, en y ajoutant le nom de Cicéron, sous le titre sous-entendu de ΠΑΤΡΟΝΟΣ *Patron*.

Cette sorte de protection devenoit souvent héréditaire dans les grandes familles de Rome : parmi les exemples qu'on en pourroit citer, on doit remarquer l'attachement des habitans de la ville de Boulogne à l'égard de la famille *Antonia*. Lorsque toute l'Italie s'agitoit en jurant de servir la cause d'Octavien contre Marc-Antoine, la seule ville de Bologne qui, de tout temps, avoit été sous la protection de la famille de ce triumvir, osa, dit Suetone, solliciter, et obtint la permission de rester neutre dans la rixe importante qui alloit décider de l'empire du monde.

Nous trouvons des preuves de cette clientelle, non-seulement dans nos recueils d'inscriptions, mais encore sur la monnoie des Grecs. Celles que nous avons de la Bithynie, frappées sous divers pro-consuls, les qualifient quelquefois de ΠΑΤΡΟΝΟΙ, *patrons*. Sur diverses inscriptions trouvées dans la même province, on a joint à cette qualification celle d'ΕΥΕΡΓΕΤΑΙ, *bienfaiteurs*, et ce qui est encore plus remarquable, celle de ΚΤΗΣΤΑΙ, *fondateurs*. C'est donc comme protecteurs ou patrons que les Bithyniens considéroient leurs gouverneurs; ce titre étoit en même temps un témoignage de reconnoissance pour des grâces obtenues, et une preuve de l'influence des pro-consuls auprès de l'empereur.

On pourrait peut-être m'objecter à cet égard, que cette qualification de ΠΑΤΡΟΝΟΣ ne se trouvant pas sur la médaille où se voit le nom de Pansa, mais seulement sur celles qui furent frappées sous les règnes de Claude et de Néron, on ne sauroit en tirer la conséquence que Pansa fut nécessairement désigné pour patron sur la monnoie que je cite; mais il faut considérer qu'il s'agit ici d'un premier essai et d'un laconisme monétaire, non moins que d'un dessein évident de flatter le préteur et de plaire au prince qui ne pouvoit être honoré sur un monument public que comme un être déifié. L'absence des titres et du nom de César, qui n'est pas également sans exemple sur la monnoie latine, et le nom de Pansa, gouverneur de la province, mis à la place de celui du dictateur, font assez connoître le rapport qui existe entre le prince déifié qui accordoit les grâces, et le magistrat qui devoit les solliciter.

Que de motifs n'avoient pas alors les Grecs pour recourir à leurs patrons; un ombre de liberté à étendre, des priviléges, des immu-

nités à conserver ou à obtenir, des actes de
tyrannie à repousser, des querelles domes-
tiques ou politiques à soutenir, étoient des
causes toujours renaissantes qui fa soient sentir
le besoin d'un protecteur puissant. Réduits au
rôle de supplians, soit comme particuliers,
soit comme magistrats, leurs regards étoient
sans cesse fixés sur Rome, devenue la modé-
ratrice de leur existence civile et politique.

C'est sous ce rapport qu'il faut envisager
Cicéron à l'égard des Magnésiens : il s'agit
maintenant d'expliquer l'énigme que présente
le nom de Cicéron, placé à côté de la tête
de César, quoiqu'il n'exerçât aucun ministère
public dans l'Asie. C'est encore à l'histoire
à nous fournir cette explication.

S'il est un romain qu'on puisse justement
qualifier de ΦΙΛΕΛΛΗΝΟΣ ou l'*Ami des
Grecs*, c'est sans contredit le célèbre orateur dont le nom figure sur notre monnoie.
A 28 ans, il entreprend le voyage de la
Grèce. Six mois sont consacrés pour la seule
ville d'Athènes; c'est dans cette fameuse ville
que s'établit cette amitié entre Titus Pompo-
nius Atticus et lui, dont il existe des monumens si intéressans. Il emploie quinze mois à
parcourir une partie de l'Asie mineure, à
visiter Rhodes et plusieurs autres îles de la
Grèce. Sa passion pour les Grecs redouble à
mesure qu'il devient plus profond dans la

connoissance de leur langue et de leurs
mœurs, et qu'il peut rivaliser avec leurs ora-
teurs les plus célèbres; et si son goût le fait
jouir avec délices du riant tableau que la
nature et les arts lui présentent sur ce
théâtre fécond en merveilles, sa sensibilité est
douloureusement affectée à l'aspect du génie malfaisant qui depuis Philippe, père
d'Alexandre, s'attachoit à la destruction de
ce peuple aimable.

Ce fut à cette époque que Cicéron eut
l'occasion et les moyens de se faire parmi
les Grecs autant d'amis qu'il avoit d'admira-
teurs, et qu'il conçut le desir d'être utile à
la nation qu'il aimoit. Je ne veux absolument,
écrivoit-il à son frère pendant son pro-con-
sulat, être à charge à aucune ville, *nec sum
ulla re alia molestus civitatibus.* Il suspendit,
autant qu'il étoit en lui, la décadence de
cette nation, en la défendant contre ses op-
presseurs. Verrès surtout éprouva tout ce
que pouvoient sur lui ces sentimens de gé-
nérosité et de grandeur d'ame, et le barreau
ne cessa de retentir de son éloquence pour
une aussi belle cause.

Sauveur de Rome, pendant la conjuration
de Catilina, il en reçoit, au rapport de
Juvénal, le titre honorable de père de la
patrie. *Roma patrem patriæ libera dixit.* A
la même époque, Capoue lui élève une statue

dorée, et sa modestie refuse les honneurs divins que les Grecs d'Asie décrètent pour lui et pour son frère.

César, pour fortifier son parti, tente en vain de le faire entrer dans la ligue du triumvirat; Cicéron, fidèle à ses principes, s'attache à Pompée dont la défaite le réduit au désespoir. Le vainqueur de Pharsale, pénétré du mérite de Cicéron, et espérant de se le rendre favorable, préfère à son égard les mesures politiques aux douceurs de la vengeance; il le prévient, calme ses agitations, et fixe ses incertitudes: il l'entoure de toute la dignité consulaire, et de l'éclat de sa propre élévation. A son retour d'Espagne, il le visite à Tusculum pendant les Saturnales. Il lui donne mille marques d'amitié et de confiance. Balbus, Appius, Pansa, Marius, Hirtius, Dolabella, les chefs du parti victorieux, les intimes amis de César, s'attachent à Cicéron, qui ne perd rien pour cela de sa considération auprès des partisans de la république : tout concourt enfin à le conduire comme malgré lui à cette faveur distinguée dont il jouit auprès de César. C'est à sa considération que son frère et son neveu sont réintégrés, après avoir suivi le parti de Pompée; et c'est à cause de lui que Marcus Marcellus et Ligarius obtiennent leur pardon.

Quels que soient les motifs de cette haute

faveur dont jouit alors Cicéron au milieu des deux partis contraires, nous n'en acquérons pas moins la certitude que s'adresser à lui étoit une des voies les plus sûres pour obtenir des grâces de l'arbitre de Rome. On sait que cet illustre orateur n'employoit son crédit que pour autrui, et qu'il servoit ses amis avec chaleur. Concluons qu'il ne négligea pas ceux qu'il s'étoit fait en Asie, et chez lesquels il avoit droit d'hospitalité. Ils ne pouvoient manquer de recourir à lui, comme au patron le plus puissant : Cicéron enfin, par son intégrité, et par l'affection qu'il avoit pour les Grecs, étoit incontestablement leur plus ferme appui auprès de César.

J'ai eu besoin de ce rapide exposé comme d'un moyen nécessaire à l'explication d'un monument qui n'offre au premier aspect qu'une contradiction si embarrassante qu'elle a fait dire à l'abbé Eckhel : *Ac, quid ad Ciceronem nostrum Magnesia Sipyli.* Il m'importoit de faire connoître les circonstances qui devoient engager les Grecs à se rendre cliens envers Cicéron ; surtout depuis que César avoit admis ce citoyen respectable dans son intimité. Nous allons maintenant découvrir les motifs qui peuvent avoir déterminé l'émission de la monnoie dont il s'agit. Nous lisons dans Appien que Sylla en même temps qu'il fit éprouver le traitement le plus

rigoureux aux villes de l'Asie, après la défaite
de Mithridate, «admit au nombre des amis de
« Rome les habitans d'Ilium, ceux de l'île de
« Scio, les Lyciens, les Rhodiens, LES MA-
« GNÉSIENS, ainsi que divers autres peuples,
« et confirma leur liberté ελευτερια (7), soit
« pour avoir été toujours fidèlement auxi-
« liaires des Romains, soit en considération
« des maux qu'ils avoient soufferts à cause
« de leur persévérance (8). »

Strabon (9) fait aussi mention des priviléges accordés aux Magnésiens : « Non loin de
« ces villes (dit-il), on trouve Magnésie (10),
« située sous le mont Sipyle, à qui les Romains
« ont accordé le droit de se gouverner par
« leurs propres lois. »

Quoique la marche de Strabon soit rapide,

(7) Voyez la savante Dissertation de l'abbé Belley,
sur les villes *Eleutheres* et *Autonomes*, dans le 37.ᵉ vol.
des Mém. de l'Acad. des inscriptions et belles-lettres,
p. 419.

(8) APPIAN. ALEXAND. *de bellis mitrid.* p. 355.

(9) STRAB. liv. 13, p. 621.

(10) Cette ville, située sur les confins de la Lydie,
se trouvant sur la route que prit César pendant son
expédition contre Pharnace, il ne seroit pas surprenant qu'à la sollicitation de Cicéron il eût accordé
de nouveaux priviléges aux Magnésiens qui lui avoient
fait sans doute un accueil distingué, lors de son passage par leur ville.

et ne nous indique pas l'époque où cette liberté fut accordée, et quoique Appien ne désigne pas laquelle des deux Magnésies de l'Asie
avoit obtenu cette grâce; on ne sauroit douter qu'il ne soit question, dans ces deux auteurs, de celle qui étoit située dans la Lydie.
On peut avancer, en faveur de cette opinion,
que la même ville de Magnésie fit frapper une
grande quantité de médailles pour toute la
famille de César, et que nous ne voyons pas
qu'il en ait été de même pour la Magnésie
sur le Méandre.

Voilà donc une ville plus privilégiée que
beaucoup d'autres de l'Asie, et la même qui
fait frapper la médaille sur laquelle se trouve
le nom de Cicéron autour de la tête de Jules-
César. Il s'agit maintenant de trouver les rapports qu'il peut y avoir entre les citations
sur lesquelles je m'appuye, et le temps où
vivoit ce dictateur.

Il m'a paru qu'ils se présentoient d'eux-
mêmes : les Magnésiens jouissoient des priviléges que Sylla leur avoit accordés, lorsqu'un
nouvel ordre de choses leur inspira la crainte
de les perdre, ou d'y voir porter atteinte :
ils ne pouvoient user de trop de moyens
pour en obtenir la confirmation de César,
qui, à la sollicitation de Cicéron, la leur accorde (11). C'est du moins le langage de notre

(11) Les privilèges dont jouissoient les villes grec-

médaille qui annonce un acte éclatant de reconnoissance et l'expression de la joie publique.

Mais la dédicace d'une médaille ne suffisoit
pas à ces sentimens. Cet acte accompagnoit
ordinairement la déification ou l'apothéose
du personnage auquel il se rapportoit. Après
la mort d'Alexandre, les Grecs et surtout les
peuples d'Asie placèrent fréquemment les
hommes puissans au rang des Dieux, soit
pour célébrer leurs grandes actions, soit pour
se les rendre favorables : un autel, des prêtres,
quelquefois un temple annonçoient l'admission d'un nouveau lare, d'un nouveau génie
tutélaire dans le pays où ces monumens
étoient consacrés. Dans la cérémonie, présidée
par le premier magistrat de la ville, on dis-
tribuoit au peuple une médaille qui devoit
en perpétuer le souvenir ; cet usage qui se
conserve encore de nos jours est trop connu
pour que je doive en parler davantage.

ques, selon l'observation de l'abbé Belley, dans la
Dissertation citée, n'étoient stables que moyennant le
bon plaisir de l'Empereur, et à cet égard, le savant
Académicien fait mention des villes de Plarasa et d'A-
phrodisias dans la Carie à qui Marc-Antoine confirma les immunités et les franchises ἐλευθερίαν καὶ
ἀτελείαν que Jules-César leur avoit accordées. N'est-
il pas très-vraisemblable qu'Auguste confirma aux
Magnésiens toutes les grâces que Jules-César leur
avoit accordées.

Dès que nous avons sous nos yeux la médaille qui nous présente le portrait de César, et que la légende nous donne le nom de Cicéron, l'explication s'offre aussi d'elle-même. Cette médaille, ainsi distribuée au peuple, devient le langage symbolique des sentimens de toute la ville, représentée par ses magistrats : c'est-à-dire que Magnésie élève à César, qui occupe sur la médaille la place que la religion destinoit à la Divinité, un monument qui devient le gage de sa reconnoissance pour des grâces reçues de ce prince, et cette ville fait en même temps connoître que c'est à la sollicitation de Cicéron, son patron, et l'ami de César, que ces grâces ont été obtenues.

Que ce prince ait eu des autels et des statues dans diverses villes de la Grèce, pour de pareils motifs, c'est ce dont on ne sauroit douter : on pourroit même conjecturer que toutes les médailles frappées pour Jules-César dans l'Orient, sont des pièces provenant de pareilles sollennités, ou des monnoies de commémoration (12) frappées la plupart sous le règne d'Auguste; mais celles-ci appartiennent ordinairement à des colonies romaines établies

(12) On a trop souvent employé le terme de *restitution* pour désigner des monnoies qui n'étoient que des actes d'une pieuse commémoration.

dans l'Orient. On peut d'autant plus s'arrêter à cette réflexion, que la Grèce, sous la république romaine, avoit conservé le droit de faire frapper sa monnoie accoutumée, que nous appelons *Autonome*, et que les Grecs, sous Jules-César, ne furent pas contraints d'en frapper à son effigie, comme ils le furent sous Auguste et sous les Empereurs suivans.

Il n'est pas hors de propos de faire mention à ce sujet d'une inscription que j'ai découverte, il y a peu de temps, parmi les ruines de la ville d'Erythrée d'Ionie. Elle est placée en grandes lettres au milieu d'un autel de marbre bleu pâle qui est à côté d'une colonne de marbre de Paros cannelée par un habile ouvrier. On y lit ces deux mots, qui ne sont précédés ni suivis d'aucun autre, ΕΣΤΙΑ ΚΑΙΣΑΡΟΣ *Autel de César*. Ce beau monument, dont la colonne faisoit partie, étoit placé sur la gauche de l'avant-scène du théâtre de cette ville, qu'on dégrade journellement pour en transporter les débris ou à Smyrne ou dans l'île de Scio; il étoit sous les yeux et à la droite du peuple aux représentations des pièces qu'on y jouoit, et aux fêtes que l'on ne manquoit pas de célébrer annuellement en l'honneur du prince. Il n'est pas douteux que les magistrats d'Erythrée

n'eussent fait frapper une médaille lors de la
consécration de cet autel; mais il n'est pas à
ma connoissance qu'elle ait été jamais trouvée.

Que s'il restoit encore des doutes sur le
sens que j'ai donné à la légende de la monnoie des Magnésiens, je me flatte qu'ils
pourroient être levés par la citation de divers
exemples semblables que nous offrent plusieurs
villes sous le règne d'Auguste; je vais en citer
deux que me fournit ma propre collection;
ils m'ont paru d'autant plus saillans, que l'un
présente une médaille qui étoit inconnue
avant qu'elle fût citée per l'abbé Eckhel (13)
et par M. Sestini (14), et que l'autre est du
nombre de celles qui ont occasionné entre
ces deux écrivains une controverse sur laquelle je me flatte de pouvoir sans effort
porter un jugement satisfaisant. Voici la description de ces deux médailles:

Médaille frappée dans l'Eolide,
en l'honneur d'Auguste,
par les Temniens.

ΓΑΙΟΣ ΑΣΙΝΙΟΣ ΓΑΛΛΟΣ ΑΝΘιπατυ
Caius Asinius Gallus pro-consul. Tête nue
d'Auguste.

ΑΠΟΛΛΑΣ ΦΑΝΙΟΥ ΤΑΜΝΙΤαν. *Sous la*

(13) *Doctr. num. vet.* t. 2, p. 498.
(14) *Descript. num. vet.*

magistrature d'Apollas , fils de Phanias (*monnoie*) *des Temniens.* Tête de Bacchus sans barbe, couronnée de lierre (15).

Médaille frappée en l'honneur d'Auguste ,
par les Tralliens ,
qui avoient pris le nom de Césaréens.

ΟΥΗΔΙΟΣ (16), ΚΑΙΣΑΡΕΩΝ Vedius des Césaréens, sous-entendu patron. Tête d'Auguste, nue, et derrière l'épaule un petit rameau de laurier.

ΜΕΝΑΝΔΡΟΣ ΠΑΡΑΣΙΟΥ Tête de Jupiter, ornée d'une couronne de laurier.

On reconnoîtra tout d'un coup le rapport qui existe entre ces deux médailles et celles des Magnésiens et des Nicéens. Gallus figure

(15) Il est très-possible qu'en envoyant la description de cette médaille, j'aye induit à erreur l'abbé Eckhel au sujet de cette tête qu'il donne pour celle d'Apollon. J'ai acquis un second exemplaire de cette monnoie qui me donne la certitude que le type du revers représente la tête de Bacchus, et dans la légende de la partie antérieure, j'ai reconnu les trois lettres initiales ΑΝΘ , c'est-à-dire, *ανθιπαϊος.*

(16) Ce n'est pas parce que la médaille pourroit paroître fruste, que le nom de Pollion n'est pas joint à celui de Vedius, sur la plupart des médailles où ce dernier se trouve ; celui de Pollion y est réuni, il y est même quelquefois seul. (Voy. Eckh. *Doct. num. vet.* t. 2 , p. 409).

ici en qualité de pro-consul, comme Pansa sur la médaille des Nicéens; et Vedius-Pollion figure sur celle des Tralliens, en qualité de patron, de même que Cicéron sur la médaille de Magnésie du Sipyle.

Asinius-Gallus étoit dans les bonnes grâces d'Auguste, ainsi que Pansa l'avoit été dans celles de Jules-César, dont il avoit été le partisan : il y avoit par conséquent une convenance égale à employer leurs sollicitations auprès des maîtres du monde.

Vedius-Pollion, dont le nom entoure la tête d'Auguste, de même que le nom de Cicéron forme la légende placée autour de la tête de Jules-César, étoit un affranchi de l'empereur, auprès duquel il jouissoit de cette haute faveur, dont Cicéron avoit connu les avantages auprès de César. L'un favorise Tralles sa patrie, comme protecteur naturel, l'autre s'intéresse pour Magnésie, où il est bien certain qu'il y avoit des amis, à en juger seulement par notre médaille.

La différence politique qui existe entre les titres de Pansa et ceux de Cicéron, entre ceux de Gallus et ceux de Pollion, ne peut qu'ajouter de la force à mes rapprochemens. S'il eût été question en effet, sous la préture de Pansa, d'une dédicace qui lui fût personnelle, pourquoi Cicéron, qui n'avoit point de ministère public à Magnésie, auroit-il obtenu la dédicace d'une monnoie qui auroit annoncé sa déification? S'il eût été question sous le règne d'Auguste d'une dédicace particulière en l'honneur de Gallus, pourquoi Pollion qui ne jouissoit d'aucune magistrature à Tralles, auroit-il été traité aussi honorablement que Gallus, si réellement les Temniens avoient pu, sous le règne d'Auguste, accorder la déification à l'un de ses sujets? On est donc forcé de convenir que les honneurs dont il s'agit ne pouvoient être déférés qu'aux seuls dominateurs de Rome et des provinces conquises.

Moyennant des données aussi claires et aussi précises, et d'après la qualification de *patrons* qu'offrent diverses monnoies de la Bithynie envers les pro-consuls, on conviendra aussi que l'absence de cette qualification sur les quatre médailles citées, ne sauroit infirmer mon explication, et qu'on ne peut voir dans cette réticence qu'un laconisme monétaire dont la Bithynie seule suffiroit pour donner l'exemple, si nous ne le trouvions souvent sur les monnoies de la Grèce.

Quant aux noms grecs accessoires qui se trouvent sur trois des médailles citées, c'est-à-dire de Théodore sur la médaille de Magnésie, celui d'Apollas, fils de Phanias, sur la médaille de Temnus, et celui de Ménandre, fils de Parasias, sur celle de Tralles, ils ne peuvent désigner que des magistrats éponymes, chargés de la surintendance des monnoies, et dont le privilége étoit de marquer par leur nom, sur les actes publics, la succession des années. On pourroit m'observer que le nom de l'éponyme ne se trouve pas sur la médaille des Nicéens. La réponse n'est pas difficile à trouver : elle est fondée sur plusieurs exemples. Il arrivoit par fois que les préteurs d'Asie acceptoient l'éponymat, et nous devons présumer que Pansa n'avoit pas dédaigné de figurer comme éponyme dans les archives et sur les monumens d'une ville aussi célèbre que l'étoit Nicée.

D'après tant de rapports entre ces quatre médailles, il est aisé d'y apercevoir l'identité du sujet par l'identité insolite des légendes. Les noms de Gallus et de Pollion placés sur les monnoies de Temnus et de Tralles ne désignent point le premier magistrat, ils rappellent des protecteurs, de même que ceux de Pansa et de Cicéron sur les monnoies de Nicée et de Magnésie. Il est évident que ces villes vouloient témoigner par là leur reconnoissance à leurs patrons qui faisoient rejaillir sur elles la faveur dont ils jóuissoient auprès du prince ; elles plaçoient les noms de leurs patrons autour de la tête de leurs nouveaux maîtres ou dieux tutélaires, qui, en cette qualité, pouvoient être représentés sans légende,

ainsi qu'on le pratiquoit à l'égard des divinités
indigènes. Quant à la différence d'opinion qui
existe entre M. Sestini et l'abbé Echkel, je
dois à la vérité d'attester que toutes les médailles que cite le premier dans ses lettres,
comme appartenant à la Césarée Tralles, sont
réellement de cette ville où il a séjourné
lui-même pendant que j'exerçois à Smyrne
des fonctions publiques, et non de la Césarée de Bithynie, ainsi que le soutient le
savant auteur de la *Doctrine Numismatique.*
Divers voyages que j'ai faits dans la Basse-
Asie, m'ont donné une pleine conviction à
ce sujet. Toutes les monnoies de Tralles, que
je possède en très-grand nombre, et qui portent le nom de Césarée, ou seul ou réuni
à celui de Tralles, proviennent toutes des
environs de la ville de Guzel-Issar, située
près du Méandre (17), tandis que je n'ai
jamais pu me procurer une seule de ces

(17) M. Barbié du Bocage a prouvé dans ses notes
sur la traduction du Voyage de Chandler, qu'il a
publié conjointement avec M. Servois, que cette ville
de Guzel Issar *ou beau château* est située en partie sur
les ruines de Tralles et non sur celles de Magnésie,
comme on l'a cru jusqu'à présent. En revenant de
Guzel Issar à Ephèse, j'ai découvert les ruines de
cette Magnésie d'Ionie que les voyageurs ne recherchoient pas, à cause de l'erreur de tous ceux qui les
avoient précédés. Ces ruines prennent le nom d'Iné

mêmes monnoies pendant le cours de quatre voyages que j'ai faits dans la Bithynie. Les soins que je me suis donné à cet égard, le desir que j'avois de m'éclaircir, et la recherche des personnes qui m'ont constamment aidé, et qui résident à Brousse, ancienne capitale de la Bithynie, ont toujours été infructueuses pour cette sorte de découverte.

Je supprime des observations plus étendues sur cette discussion, parce qu'elles m'écarteroient trop de mon sujet. Il est des explications douteuses dans la Numismatique comme dans toutes les autres sciences. L'abbé ECHKEL emploie toujours un grand talent; mais, que peuvent et le talent et l'érudition contre une vérité démontrée?

Il me reste à faire des remarques sur le type du revers de la médaille que j'ai entrepris de défendre et d'expliquer. Je suis assuré que le savant professeur d'antiquités dont je viens de faire mention, auroit fourni cette explication avec sa sagacité ordinaire, s'il eût reconnu la tête de César au lieu de celle de Cicéron, et qu'il eût moins douté de l'antiquité de cette monnoie. Ce revers

---

Bazar, ou marché aux vaches; on n'y voit aucune habitation. C'est une solitude couverte de monumens, et où l'on admire le temple de Diane Leucophryne, quoiqu'il soit renversé, et un stade très-bien conservé.

est simple, soit qu'on l'envisage dans sa composition, soit qu'on le considère dans son
sens allégorique, soit enfin qu'on l'examine
comme essai relativement aux circonstances.
Il représente une main qui tient en même
temps une couronne et une branche de laurier, une épi de blé et une grappe de rai-
sin, ou plutôt une tête de pavots. Je crois
que la main représente, dans le style poé-
tique, celle du génie des Magnésiens ou de
la victoire, offrant au vainqueur de tant de
nations et de tant de rivaux, une couronne
pour orner ses triomphes. Elle tient aussi les
signes de l'abondance et de la félicité publique,
que les victoires, non moins que les priviléges
et les franchises accordés par César, ont procurés ou promettent aux habitans de Magnésie, et ceux-ci en rendent grâces par le monument qui donne lieu à la fabrication de la
médaille. Elle m'a paru, d'après le génie
symbolique des anciens, qu'on ne pouvoit
différemment interpréter ce type, et y trouver plus d'analogie avec la partie opposée.

On doit conjecturer également que, par une
espèce d'imitation souvent répétée dans la
Grèce, et ensuite à Rome, les Magnésiens
ont pu élever un monument à César, où le
génie de la ville couronne ce héros. C'est de
cette manière que Pausanias nous dit avoir
vu à Olympie le génie de la Grèce couron-

nant Antigone Dozon, et son pupile Philippe;
c'est à l'imitation de ce genre d'allégorie que,
sur les monnoies impériales, grecques et la-
tines, on voit souvent ou un génie ou une
victoire posant une couronne sur la tête de
l'empereur.

Quant à l'époque où la médaille des Magnésiens a été frappée, il seroit impossible
de la fixer avec précision. Celle des Nicéens,
qui porte le nom du prêteur Pansa et la date
E Λ Σ (235) de l'ère des Bithyniens, n'a pu
l'être encore, quoique divers savans se soient
exercés à cette recherche (17). Notre médaille
n'ayant point de date, on ne peut que se re-
plier sur l'espace de temps qui s'écoula depuis la journée de Pharsale jusqu'à la mort
de César. Cet espace comprend cinq années,
desquelles il faut au moins en retrancher deux,
soit pour le temps nécessaire à des négociations
auprès de Cicéron, soit pour l'érection du
monument; il résultera de ce calcul que la
médaille aura été frappée entre l'an de Rome
708, où César triompha quatre jours consécutifs, et la 710.ᵉ année qui fut celle de sa
mort. On peut donc avancer, sans crainte
d'errer beaucoup, que le monument élevé
par les Magnésiens à Jules-César, est de l'an
709 de la fondation de Rome, le 4.ᵉ de la

(18) Voy. Eckh. *Doct. num. vet.* t. 2, p. 397.

183.ᵉ olympiade , et 45 ans avant l'ère chrétienne.

Je dois faire mention ici d'une erreur que
j'ai commise en envoyant à Vienne la description de la même médaille : j'écrivis ΤΟΥΛΛΙΟΣ
au lieu de ΤΥΛΛΙΟΣ , à cause de la pronon-
ciation orientale de l'ypsilon : j'écrivois de
mémoire , et sans imaginer que je trouverois
un jour la tête de Jules-César là où je croyois
alors voir clairement celle de Cicéron. Je ne
prévoyois pas qu'il seroit question de ma
médaille , et surtout qu'il s'éleveroit des doutes
si fortement prononcés sur sa légitimité : je me
flatte de les avoir fait disparoître , et d'avoir
suffisamment prouvé , par les citations et par
les rapprochemens que ma collection me fournit , le rapport qu'il peut y avoir entre la
tête de César et le nom de Cicéron réunis
sur la médaille dont il est question. Il ne me
reste que le regret pénible d'avoir encore
reculé l'espoir de retrouver avec certitude les
traits du célèbre orateur romain qui fut l'honneur et la gloire du barreau , et dont les nombreux ouvrages seront admirés tant qu'il exis-
tera de l'amour pour la vérité , et du goût
pour l'éloquence.

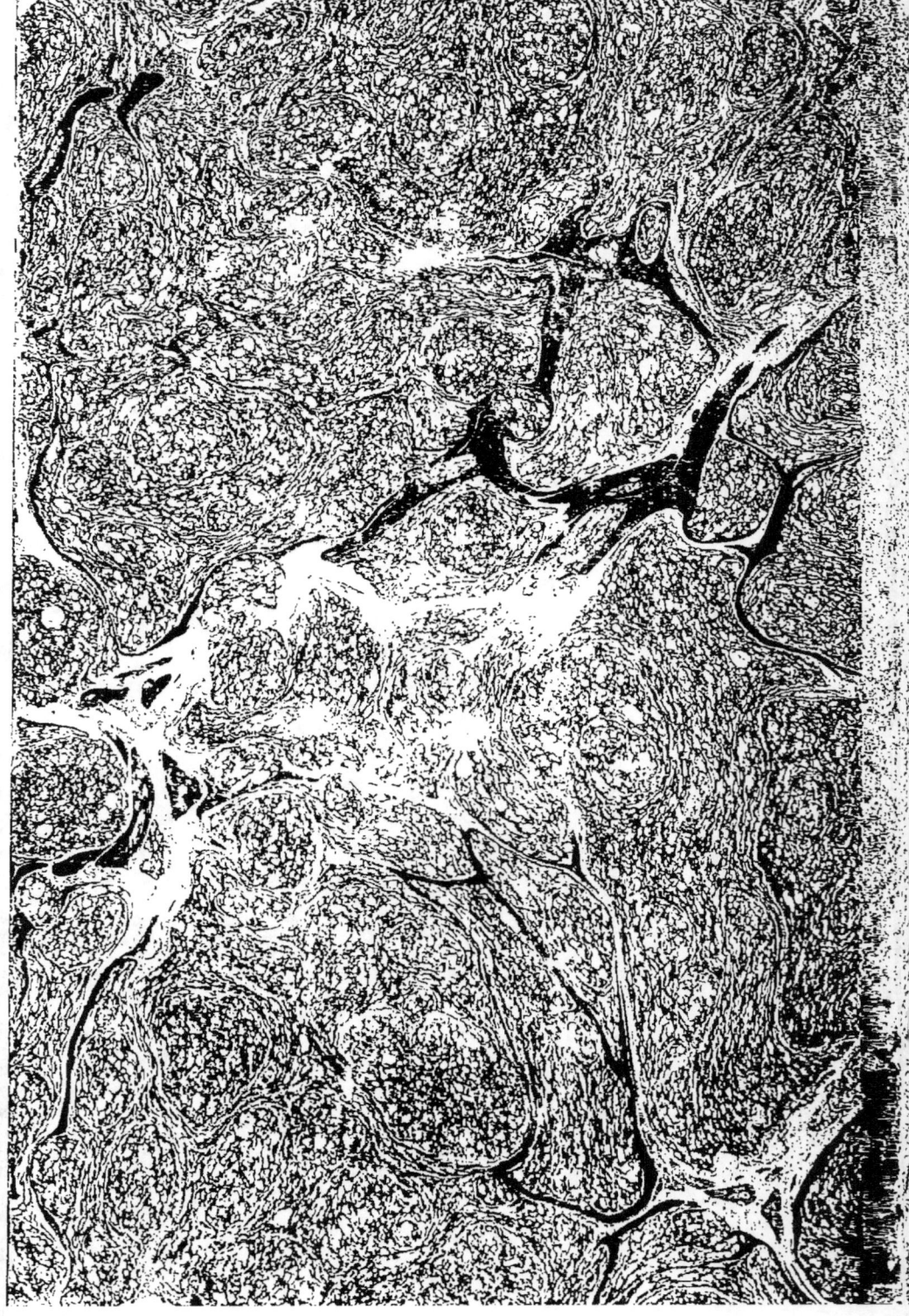